やたらと察しのいい俺は、
毒舌クーデレ美少女の
小さなデレも見逃さずに
ぐいぐいいく5
ふか田さめたろう
FUKADA SAMETARO
ILLUST. ふー

ここにいてくれないと、
絶交してやるんだからね……

直哉くん、聞いて！

すっごく楽しいわ……！

……ほんとに、
ずーっと愛してくれるんでしょうね

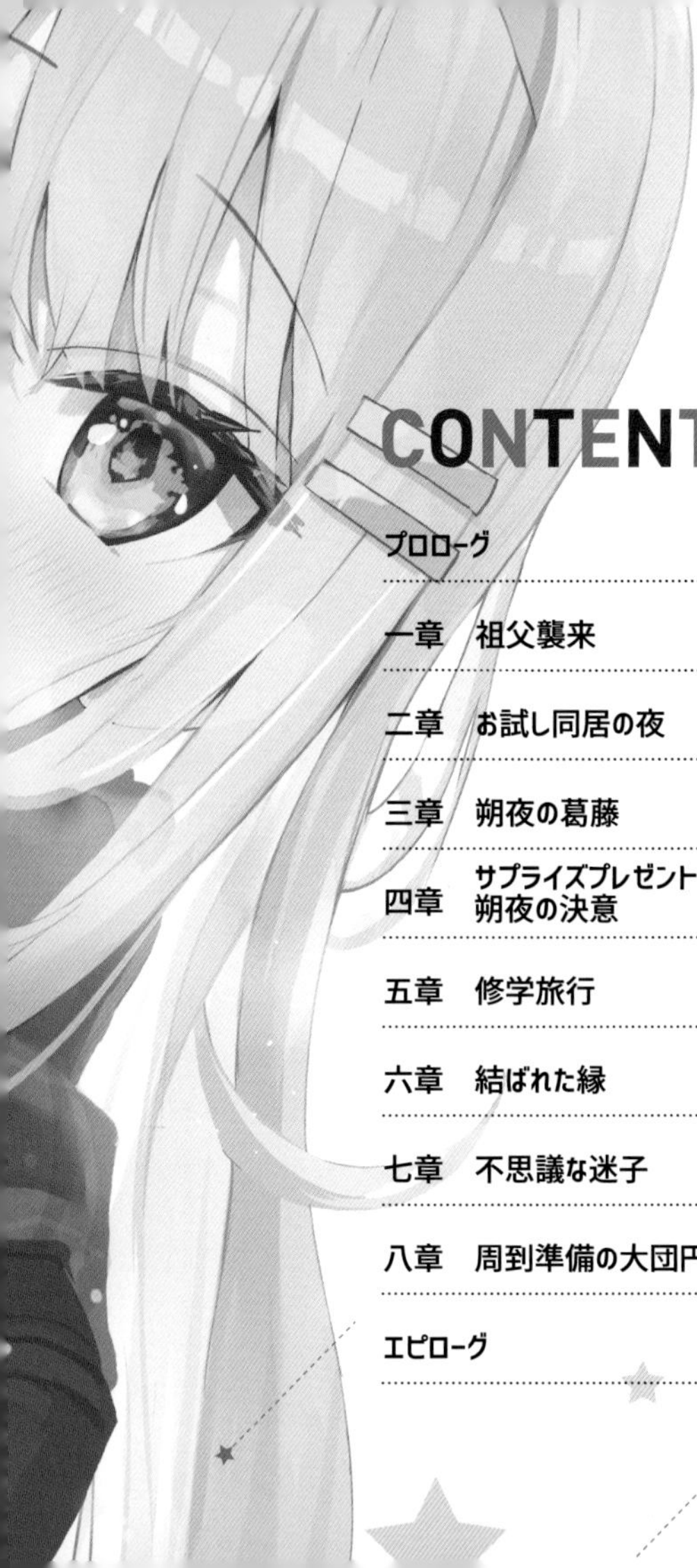

CONTENTS

やたらと察しのいい俺は、毒舌クーデレ美少女の小さなデレも見逃さずにぐいぐいいく 5

ふか田さめたろう

GA文庫

カバー・口絵　本文イラスト
ふーみ

PROLOGUE プロローグ

その日は陽《ひ》が沈んでから、さらなる寒気が街を包んだ。

「さっむいなあ……」

街灯が輝く住宅街のなかを、直哉《なおや》は足早に歩いていた。

コートの前をしっかり留めて、マフラーや手袋といった防寒具もきちんと着けている。それでも隙間《すきま》から入り込む冷たい風は、容赦《ようしゃ》なく体温を奪っていった。

吐き出す息は白く、歯がガチガチと鳴る。

そんななか通りがかったコンビニに、肉まんののぼりが立っているのが見えた。

店内もかなり暖かそうで魅力的ではあったが、直哉はその誘惑をはねのけて通り過ぎる。

やがてたどり着いたのは、真新しい一軒家だ。

玄関に立てばセンサーライトがぱっと点《つ》いて、笹原《ささはら》と書かれた表札を照らし出す。

ドアを開けた途端、ホッとするようなぬくもりが出迎えてくれた。

直哉は小さく息を吐いて、家の奥へと呼びかける。

「ただいまー」

「あら、早かったわね」

奥からひょっこりと顔を出すのは小雪《こゆき》だ。

セーターにジーパンという、シンプルで飾り気のない出《い》で立ち。

髪を簡単にくくって、エプロンを着けている。どうやら夕飯の準備中だったらしい。

エプロンで手を拭きながらやって来て、靴を脱ぐ直哉の背をじーっと見つめてくる。

「いつもより一時間以上も早いじゃない。まさかとは思うけど、会社をクビになったとか？」

「違う違う。今日は頑張ったから、もう帰っていいって言われてさ」

「今は特に難しい案件がないんじゃなかった……？」

「いやあ、会長のお孫さんが迷子になっちゃって。で、俺《おれ》がさくっと見つけて感謝されたんだよ」

「またそういう展開……？　この前も似たようなことがなかったかしら」

「ああ、取引先の社長夫婦の喧嘩《けんか》をさくっと収めたりな。あとは——」

その他の細かな事件を列挙すれば、小雪は額を押さえてうめく。

「まったく、あなたときたら昔とちっとも変わらないんだから。いい加減に落ち着きってものを持ってほしいわね」

「あはは、そう言うなって」

靴を揃《そろ》えてコートを脱いで、直哉はにっこりと笑う。

「昔と変わらないと言えば……小雪も相変わらず綺麗《きれい》だよ」

「はいはい、減らず口はいいから。早くご飯にしましょ、あの子も待ってることだし」

直哉の口説《くど》き文句をさらっといなし、小雪は踵《きびす》を返す。

しかし、すぐにくるっと振り返った。

「あっ、忘れてた」

そう言って直哉の肩に手を置いて、軽く背伸びして――。

ちゅっ。

あたたかな家の中に、軽いリップ音が響く。

小雪はそっと唇を離して、頬《ほお》をほんのり赤らめながらこう言った。

「おかえりなさい、あなた」

「ただいま、奥さん」

直哉もそれに、にっこりと答えたところで――目が覚めた。

「はっ……!?」

ちゅんちゅん、ちゅちゅん。

窓の外で、雀《すずめ》が仲良くさえずるのが聞こえる。

そっと視線を巡らせば、そこは勝手知ったる自分の部屋だ。可愛《かわい》い奥さんはどこにもいない。

カーテンの隙間から差し込む光は穏やかだ。

秋から冬に移り変わる冴《さ》えた空気が、寝起きの頭を急速に冷やしていく。

のっそりと体を起こし、ベッドの縁《ふち》に腰掛けて、直哉は深いため息をこぼす。

「なんつー恥ずかしい夢を見るんだ、俺は……」

あまりの羞恥《しゅうち》に頭を抱えたのだが……その新婚生活を、まさかの三日後に実体験することになるなんて、このときは思ってもいなかった。

さすがにそこまでは察することができないので。

一章　祖父襲来

その日、直哉《なおや》はひとりで帰路についていた。

小雪《こゆき》は女子たちと遊びに出かけ、巽《たつみ》やアーサーたちも用事があった。そして今日は桐彦《きりひこ》のところでのバイトもなくて、珍しくフリーとなったのだ。

「ひとりになるなんて久々だなあ」

ぶらっと立ち寄った公園で、直哉は吐息をこぼす。

家に直帰してもよかったのだが、なんとなく寄り道することにしたのだ。

柵《さく》にもたれかかって、水面にぷかぷか浮かぶカモたちをぼんやりと眺める。

季節はもうすぐ冬だ。

刺すように冷たい空気が吹きすさび、赤茶《あかちゃ》けた葉っぱを木々から攫《さら》う。

公園で遊ぶ小学生はほとんどが長袖《ながそで》だが、ひとりだけ半袖《はんそで》半ズボンの少年がいたりする。

漂う甘い香りは、屋台で売られているたい焼きのもの。

平和で、そして静かだ。ついこの間まで日差《ひざ》しも蝉《せみ》もうるさかったのが嘘《うそ》のようだ。

風の音に耳を傾けながら、直哉はぼんやりと物思いに浸る。

（なんていうか……こういう静かさ、すっかり忘れてたな）

この春先に小雪と出会い、直哉の生活は一変した。

小雪のことを好きになって、彼女の心にずっと寄り添っていたいと思った。

そのために多くの人と関《かか》わることになり、必然的に賑《にぎ》やかな生活を送ることになった。

人付き合いを最低限にとどめていたころから比べれば、まさに人生が百八十度変わったことになる。

「ほんと、色んなことが――」

「があっ！　があがあ！」

改めて振り返ろうとしたところで、池のカモがひときわ大きな声で鳴いた。

見ればオスの一匹がメスの周りをくるくると回って、羽根をアピールしたり首を持ち上げたりしている。見るも分かりやすい求愛シーンだ。

メスは満更《まんざら》でもなさそうで、オスにすり寄り甘い声を上げる。

「があがあ♡」

「があぁあっ♡」

こうして見事にカップル誕生となった。

それを見て、直哉はぽつりとつぶやく。

「新婚さん、か……」

途端、脳裏《のうり》に去来するのは今朝方見てしまった浮かれた夢で。

『おかえりなさい、あなた』

あのときの小雪の顔と、唇の感触も蘇《よみがえ》った。

直哉はそっと両手で自分の顔を覆《おお》う。寒風の中、額や頬《ほお》はすっかり熱を持っていた。

「たしかに付き合いだしたばっかりだけど……あんな夢を見るほど浮かれているのか、俺《おれ》は」

好きな子とひとつ屋根の下、新婚さん、さりげないキス。

まさに、男の欲望が詰め込まれたような夢だった。

裸エプロンとか、エロめの夢でなかっただけマシなのかもしれないが……これはこれで本気っぽくて、あまりの恥ずかしさで往来を叫んで走り回りたくなる。

直哉はかぶりを振って、頬をぺしんと叩《たた》く。

「ダメだ、俺がしっかりしないと。こんな邪念を抱いたままじゃ、お爺《じい》さんをどう説得していいか分かんないもんな」

先日、不意に訪れた小雪の許嫁《いいなずけ》問題。

その許嫁当人、アーサーは義理の妹のクレアと無事に結ばれた。

それゆえ問題は、彼を差し向けた小雪の祖父を残すところとなっていた。

近日中に来日するらしく、直哉は小雪との仲を認めてもらわなければならない。

（小雪のお爺さんだし、どうにかなると思うけど……）

妙に白金《しろがね》家の人間から気に入られがちの直哉である。

ハワードのときのように、出会って数分で好感度がマックスまで上がる可能性も十分ある。

それでも心構えは必要だった。

直哉は気合いを入れるため、ぐっと拳《こぶし》を握る。

「よし。邪念はここまでにして、心機一転……うん？」

決意を新たにした、そのときだ。

風向きが変わって、池の対岸から複数人の声を運んでくる。

見れば買い物帰りらしきお婆《ばあ》さんたちが、ひとりの男性を取り囲んでいた。

「あらまあ、やっぱりイケメンじゃない。あなた外国のひと？　どこからいらしたの？」

「飴《あめ》でも食べる？　それともおミカンはいかが？」

「SNSは何をやってらっしゃるの？　私たち一通りやってるから、お友達になりましょうよ！」

「い、いや、すみませぬ、淑女《しゅくじょ》の皆さま。わしは死んだ妻ひと筋ですので……」

「あらやだ、淑女の皆さまですって！」

「紳士だし口もお上手だなんて！　うちのお爺さんとは大違いだわあ」

「だ、誰《だれ》かぁ……！」

男性は完全にタジタジである。

そんな姿を、直哉は対岸からじーっと観察する。

年のころは七十ほど。帽子を目深《まぶか》に被り、灰色のスーツを身にまとっている。手にした杖《つえ》もメガネも、遠目に見ても分かるような一級品だ。そして、それらの品に霞《かす》まないほど男性自身の立ち居振る舞いも洗練されている。そばには大きなスーツケースが置かれていて、旅行者であることが一目瞭然《いちもくりょうぜん》だった。

「あれって、まさか……」

直哉は妙な確信を抱きつつ、そっとその一団へと足を向けた。

彼の元まで向かう間、小雪や朔夜《さくや》、ハワードをナンパから助けたシーンが頭の中でずっと再生されていたのは言うまでもない。

そして、それから小一時間後――。

「なんで……？」

「さあ？」

白金家では、姉妹《しまい》が神妙な顔を見合わせていた。

それもそのはず。家に帰ってきてみれば彼女らの祖父がいて、まさかの直哉と向かい合っていたからだ。

「……ジェームズ・ノーランドというものだ」

「よろしくお願いします。笹原《ささはら》直哉です」

小雪らの祖父――ジェームズに、直哉はぺこりと頭を下げる。

公園で見かけたときは距離があったので彼の顔立ちはよく分からなかったが、今は帽子を脱いで向かい合っている。小雪らと同じ銀髪碧眼《へきがん》で、鋭い眼光からは確かな血の繋がりを感じさせた。ロマンスグレーの老紳士といった言葉がとてもよく似合う人物である。

しかし、その表情は紳士からはひどくかけ離れていた。

口はへの字に曲がっているし、眉間にはクレバスよりも深いしわが刻まれている。腕を組んで足を落ち着きなく揺らしていて、見るからに機嫌が悪い。

そんなジェームズが、とうとう重い口を開く。

「……直哉くん、といったか。きみがどんな少年なのか、よく見させてもらったよ」

噛《か》みしめるようにして言葉を紡《つむ》ぎ、彼は指折り数えていく。

「ご婦人らに囲まれて困っていたわしを助け出してくれただけでなく、たい焼きまでご馳走《ちそう》してくれて、この家まで案内してくれた。道中、美味《うま》いコーヒーを出す喫茶店《きっさてん》を教えてくれたり、荷物を持ってくれたりと、本当によくしてくれて……」

そこでぐっと拳に力を入れ、ジェームズは心底悔しそうに――。

「わしの孫娘のフィアンセとして、完璧《かんぺき》すぎる少年ではないか！　散々こきおろしてやろうと思っていたのに、非の打ち所がなさすぎる……！」

「あはは、ありがとうございます」

「直哉くん、もうお爺ちゃんを落としたわけ……？」

「さすがお義兄様《にい》。うちの家族にはめっぽう強い」

揃って呆《あき》れ顔の姉妹だった。

公園で救いの手を差し伸べたあと。

心から感謝するジェームズに、直哉はさくっと自分の身分をネタばらしした。

『初めまして、お爺さん。小雪さんとお付き合いしている者です』

『はあ⁉』

そこでジェームズが言葉を失ったので、たい焼きを買って少し話をして、ひとまず白金家に向かうことにしたのだった。

最初は警戒心丸出しだったジェームズだが、それも道中の三十分くらいで劇的に変化した。

(好感度三から、順調に九十八まで上がったもんな。たぶんこれまでの最短記録だわ)

気に入られるべく努力はしたのは確かだが、思った以上の成果となった。

小雪はソファーに座る直哉の頰を突っついて、至近距離で睨《にら》みを利《き》かしてくる。

「ちょっと直哉くん。彼女の私を放置して、お爺ちゃんとデートしてたわけ？　事と次第によってはお説教なんだからね」

「デートじゃないっての。公園でたまたま会ったんだよ」

「そんな偶然ある……？」

「パパと初めて会ったときといい、お義兄様は豪運ね」

朔夜はあごに手を当てて感心する。

そこでふっと何かを思い付いたとばかりに手を叩き、自分のスマホを差し出してきた。

「その豪運なら、ソシャゲのガチャも期間限定ＳＳＲが余裕で引けるはず。私のなけなしの石で回して欲しい」

「はいはい。ドブっても責任は取らないぞ」

「わーい。わくわく」

スマホ画面をタップすると、キラキラした演出画面に変わる。

朔夜はすっかりそれに釘付《くぎづ》けだ。もはや祖父の襲来とか、姉の許嫁問題などは完全に終わったものとしてカウントしたようだった。

とはいえ当事者の小雪にとってはそうもいかないらしい。

祖父の前に仁王立《におうだ》ちして、びしっと人差し指を突きつける。

「っていうか、お爺ちゃん！　来るなら来るって連絡してよ！　こっちにも都合ってものがあるんだからね！」

「ぐっ……それはすまないと思うが」

ジェームズは気まずそうに目を逸らし、ぼそぼそと言う。

「先日、おまえに許嫁《いいなずけ》を寄越《よこ》しただろう……」

「ああ。アーサーくんのこと？」

「そう！　そのアーサーだ！」

ジェームズはがたっと腰を浮かす。

ついこの間来日した留学生、アーサー。

彼は小雪の許嫁として日本にやってきたのだが――。

「アーサーのやつに連絡しても、歯切れの悪い報告しか寄越《よこ》さなくて……これは抜き打ちで確認せねばと、こっそりやってきたんだ。あいつは立派に許嫁を務めているのか？」

「あら、聞いてないの？　アーサーくんならその話は降りたいそうよ」

「なっ……!?　それはいったいどういうことだ！」

「ふふん。あいにく、他に好きな子ができたんですって」

狼狽《ろうばい》する祖父に、小雪は不敵に笑う。

直哉の両肩に手を置いて、ふんぞり返って言う。

「ちなみに、アーサーくんとその子をくっ付けたのがこの直哉くんなのよ。今じゃすっかりラブラブなんだから」

「くっ……！　あいつを撃退するのではなく、綺麗《きれい》に丸め込んだか……人格だけでなく智略《ちりゃく》にも富むとは恐れ入る！」

「お褒めに預かり光栄です」

ギリィっと歯嚙《はが》みするジェームズに、直哉はのほほんと笑う。

件《くだん》のアーサーは、無事に義妹のクレアと相思相愛の仲となった。

そのせいで最近は嬉《うれ》しさ半分、疲弊半分といった感じで大変そうなのだが——それは横に置いておくとして。

「おおっ。期間限定ＳＳＲ、ほんとに来た」

朔夜がぱしゃっとスマホの画面をスクショした。

表情はピクリともしないが、彼女なりのほくほく顔である。

そのついでに祖父をちらっと見やって、淡々とツッコミを入れる。

「お爺ちゃん、もうすっかりお義兄様を気に入ってるね。それなら許嫁の座にはアーサー先輩じゃなくって、お義兄様を座らせるってことでいいの？」

「ぐっ……そ、それは……！」

ジェームズはさらに顔を歪《ゆが》めて言葉に詰まる。

直哉に対する好感度はほぼほぼ上限値だ。だがそれでも、直哉を認めるわけにはいかないらしい。人の心はそう簡単に割り切れるものではないからだ。

「まあまあ、朔夜ちゃん。お爺さんの気持ちも少しは考えてやってくれよ」

直哉はそんなジェームズのフォローに回る。

「小雪のことを心配して、単身日本まで来たんだぞ。道中ずーっと俺を撃退するためにあれこれ作戦を練ってきたってのに、急にそんなこと言われたってすぐには納得できないだろ？　受け入れる時間が必要なんだよ」

「なるほど、納得。お爺ちゃんはお姉ちゃんと似て面倒な性格だから、攻略が長期戦になるのは仕方ない」

「うぐっ、実際に時間がかかったから言い返せないのが腹立つぅ……！」

「朔夜はわしのことをそんな風に思っておったのか……？」

怒りに震える小雪と、ガーンとショックを受けた様子のジェームズだった。

わりと似たもの爺孫らしい。

そんななか、小雪は気を取り直したようにふんっと鼻を鳴らす。

「だいたい、許嫁なんて時代錯誤よ。私たちはまだ高校生なんだから、結婚だのなんだのなんて、まだ先の話じゃない。ねえ、直哉くん？」

「えっ、あ、うん、そうだな。うん」

直哉は少し口籠《くちご》もりつつも、なんとかうなずくことに成功した。

そうは言いつつも小雪が内心で『許嫁だなんて話が猛スピードすぎるわよ……！　付き合う覚悟を決めるのだって時間がかかったのに、心の準備ができないでしょ⁉』とかなんとか羞恥《しゅうち》に悶《もだ》えているのは明らかだ。

それを指摘できなかったのは、直哉自身もまた悶々《もんもん》としてしまったからに他ならない。

（許嫁……結婚かあ……）

今朝《けさ》見た浮かれた夢が、ふたたび脳裏に蘇る。

そればかりか、そこからさらに妄想が進んでしまった。

朝目が覚めて、小雪に『おはよう』と言ってもらう。出勤前に『行ってらっしゃい』のキスをしてもらって、帰ってきたら『お帰りなさい』のキス。

寝室では隣り合って眠り、ときには小雪が甘えてすり寄ってきて――。

『ねえ……今日、ダメ？』

そこまで妄想がぶっ飛んで、直哉はハッとしてかぶりを振る。

（はいダメ！　さすがにそこから先は妄想でもダメだっての！　お爺さんの前だぞ⁉）

妄想は個人の自由だが、それも時と場合による。

膝《ひざ》の上で手を握って耐えていると、ジェームズがふんっと鼻を鳴らす。

「いいや、こういうのは今からきちんと話し合っておくべきだろう。いくら直哉くんが素晴らしい人物だろうと、所詮《しょせん》は年頃《としごろ》の青少年……」

直哉のことをジロリと睨み、勢いよく言い放つ。

「いつ何時、可愛《かわい》い孫娘に手を出すか分かったものではない！　そのとき責任を取らせようにも遅いからな！」

「はあ⁉　何よその言い草は！」

そんな祖父に、小雪は真《ま》っ赤《か》な顔で噛み付《つ》いた。

目を吊《つ》り上《あ》げて詰め寄って、真正面から凄《すご》む。

「この人は私の彼氏兼ペットなの。そんな不埒《ふらち》なことをするような、中途半端《ちゅうとはんぱ》なしつけはしていないわ。それとも何？　お爺ちゃんは孫娘のセンスを疑うわけ？」

「し、しかし、わしは小雪のことが心配で――」

「それが大きなお世話だって言ってるのよ！」

「なんじゃ！　祖父に向かってその口の利き方は！」

売り言葉に買い言葉。ふたりの口喧嘩はみるみるうちにヒートアップしていった。

それを横目に、朔夜がこそこそと直哉に耳打ちする。

「お義兄様、止めなくていいの？　お義兄様が原因の喧嘩《けんか》なのに」

「うっ……それもそうなんだけどさ」

今し方、そういう肉欲まみれの妄想を抱いていたので反論しづらいにもほどがあった。

おまけに、止められない理由はそればかりではない
直哉は口ごもりつつも、そっとふたりの様子をうかがう。

大好きな直哉のことを悪く言われて、小雪は完全に頭に血が上っている。

対するジェームズもジェームズで、引っ込みが付かなくなってしまっている。

そんなふたりを放置しておけばどんな展開が訪れるか、直哉には分かりきっていた。

「このまま喧嘩が進めば、俺にとってはちょっと嬉しい展開になるんだよな……」

「へえ。デートしてお爺ちゃんに仲を認めてもらうとか？　私が試したときみたいに」

「うんまあ、そんなところなんだけど」

小雪とデートして、直哉の人となりを知ってもらう。

朔夜に挑発されたときは、そんな手を使って彼女からの信頼を得た。

これから起こるのも似たような展開なのだが、直哉は深刻な顔でぽつりとこぼす。

「デートと違うのは……俺の身が持つか、持たないかってところなんだよな」

「お義兄様、戦地にでも送られるの？」

朔夜が首をかしげた、そのときだ。

「そっちがそこまで言うのなら、試してみようじゃない！」

小雪が声を張り上げてテーブルを叩く。

直哉のことを指し示し、祖父に向かって言い放つのは、ある意味処刑宣告にも似た宣言だ。

「直哉くんはたとえ二十四時間二人っきりになったとしても、私に手を出してくることはないんだから！　いかに誠実な人なのか証明してやるわ！」

「いいだろう！　それができたら、この少年を認めてやろうではないか！」

ジェームズも勢い任せにそれを了承。

直哉はこっそりと、薄笑いを浮かべつつため息をこぼすのだ。

「つーわけで……禁欲お泊まり会なんだよ」

「わお。かつてないほどにお義兄様が試されるイベントが来たね」

朔夜は朔夜で、波乱の展開に目をキラキラとさせた。

◇

決行の日は、それから三日後の土曜日となった。

午前十時。笹原家のチャイムが鳴らされて、直哉は玄関を開ける。

すると、大きなカバンを提《さ》げた小雪が立っていた。

七分袖《そで》のカーディガンを羽織《はお》っていて、スカート丈も秋めいていて膝より少し下だ。お出かけ用というよりも、気取らない普段使いの服装だ。

小雪は真っ赤な顔で頭を下げる。

「お、お邪魔します……」

「い、いらっしゃい……」

直哉も直哉で、ぎこちなく彼女を迎えた。

笹原家に小雪が来るのは、もはや今となっては代わり映えのない日常と化している。

しかし、今日は勝手が違っていた。

ふたりともろくな会話もなく、ひとまずいつものリビングに移動する。

小雪を座らせて、お茶を出す。

その正面に腰を下ろしてから、直哉は無理やり笑顔を作って頭をかいた。

「まあ、その……なんだ。明日の朝までよろしくな？」

「……なんで誰も止めないのよ⁉」

そこで耐えかねたのか、テーブルをだんっと叩く小雪だった。

目の端に浮かぶのは羞恥の涙で、もういっぱいいっぱいなのが見て取れる。小雪は全力の鬱憤を込めて声を荒らげた。

「年頃の娘が彼氏の家に泊まるって言ったら、普通は止めるはずでしょ⁉　なのに家族の誰も心配しないし！　それだけじゃなくって……！」

そうしてカバンをガサガサと漁《あさ》る。

出てきたのは、丁寧に包装された菓子折りだ。このあたりでは有名な洋菓子店で、お土産にするとたいへん喜ばれる。それを直哉に投げ渡し、小雪はテーブルに突っ伏してわっと叫ぶ。

「ママは手土産を用意してくれるし、パパは『直哉くんに迷惑をかけないようにな』って言ってくるし……朔夜は朔夜で『あとで感想を聞かせてね』って煽《あお》ってくるし！　ほんとに何でなのよ⁉」

「何でって、そもそも小雪が蒔《ま》いたタネだろ」

「正論禁止！　今は私を慰めるターンなの！」

顔を上げ、キッと睨み付けてくる小雪だった。

自業自得なのは理解しているらしい。

ひとまず直哉はお茶をすすりつつ、いただいたばかりの菓子折りを開ける。中には個包装されたバームクーヘンが詰まっていた。お茶請けには最高の品だ。

小雪にもひとつ手渡してもそもそ食べつつ、肩をすくめる。

「まあほら。普通のお泊まりなら、さすがにお義父《とう》さんたちも難色を示したと思うけどさ?」

白金家の直哉への信頼は、ほぼ最高レベルだ。

それでも間違いが起こる可能性はゼロではない。

みながいる家族旅行ならまだしも、ふたりっきりのお泊まりなんて、よほど特別な事情がない限り許してもらえるはずがない。

それなのにこんなにあっさり許可が出たのは、前提条件に理由がある。

直哉は遠い目をして微笑を浮かべる。

「俺が小雪に手を出さないってことを証明するためのお泊まりなんだし……そりゃみんな平然と送り出すって。何も起きないって分かってるんだから」

「ううう……でもでも、直哉くんが嘘を吐いたらどうするのよ。私にエッチなことしても、しらばっくれたらいいだけじゃない」

「それは無理だって。なんせ明日、海外出張から親父《おやじ》が帰ってくるんだし」

直哉が耐えきったかどうか、正解率百パーセントの人間嘘発見器に判定してもらおうというわけだ。

ちなみに小雪の祖父、ジェームズも法介《ほうすけ》のことを知っていた。

以前、どこかのパーティで会ったことがあるらしく、その性能と人柄をよーく理解していた。

『あの男なら、たとえ息子といえど容赦せんだろう。きっちり見定めてもらうから覚悟するといい！』

そういうわけで、このお泊まり会が決行されることとなったのだ。

小雪はがっくりと肩を落としてしまう。

「たしか、おば様も今日は留守なんだっけ……」

「ああ、田舎《いなか》の爺ちゃん家に行ってるよ。親父と一緒で、明日帰ってくるってさ」

「ちなみにふたりとも、私が泊まりに来るのは知ってるの？」

「そりゃ連絡したし。『好きにしたら？』だってさ」

「信頼感が憎い……！」

「この場合、信頼されているのは俺の人柄なのか、親父の性能なのか。どっちなんだろうなあ……」

直哉はお茶をすすってぼやくしかない。そのついでに報告しておくことがあった。

「あ、そうそう。そのお爺さんだけど、さっきここに来てたぞ」

「えっ⁉　アーサーくんたちと話し合いをするんじゃなかったっけ⁉」

「その前に寄ったんだとさ」

　許嫁の件と、留学の件。

　その両方を今日はハワードを交えて話し合うらしい。

　クレアも同席するということで、そちらはそちらで波乱だろう。

　それはともかくとして、ジェームズは玄関に出た直哉を睨み付けて開口一番こう言った。

『いいか、明日朝一で小雪を迎えに来るからな。くれぐれも手出しするんじゃないぞ』

『もちろんです。ちゃんとおもてなしして返しますから』

『ふんっ、どうだかな。わしはまだきみのことを信用したわけじゃない』

　ジェームズは冷たく言い放ち、ずいっと真っ白な紙箱を差し出した。

『ところでこれは餞別《せんべつ》だ。小雪と一緒に食べるがいい！』

『わー、ケーキですね。わざわざありがとうございます。ここのは甘すぎなくて好きなんですよ』

『何？　そうなのか。ならば次もここのを買ってきてやろう。有り難《がた》く思え！　ふんっ！』

　そんな捨て台詞《せりふ》を残し、ジェームズは肩で風を切って去って行った。

　小雪は渋い顔でこめかみを押さえてうめく。

「お爺ちゃん……何だかんだ言っても、やっぱり直哉くんのこと気に入ってるじゃない」

「疑い半分、信用したい気持ち半分ってところかなあ」

そういうわけで、今は完全なツンデレ状態だ。

（小雪は最初っからデレデレだったから、これはこれで新鮮だよなあ）

直哉はのほほんとするものの、小雪の顔はますます渋いものとなった。

しゅんっと肩を落として申し訳なさそうにする。

「ごめんなさいね、直哉くん。お爺ちゃんとのゴタゴタに巻き込んじゃって」

「いやいや、いいって。そもそも俺だって当事者だし」

それもこれも、このお泊まり会を決行したのはジェームズを安心させるためだ。

直哉が誠実な男だと分かれば、きっと彼の不信感はあっさりと氷解するだろう。

「さくっとこの試練を終わらせて、俺たちの仲を認めてもらおうぜ」

「う、うん……」

直哉が笑って言うものの、小雪の顔は晴れないままだ。

自分が蒔いたタネなのは自覚しているし、その上で直哉を巻き込んだのを反省しているらしい。とはいえ、そんなことは直哉にとって予想済みの展開だった。

「おっ、そろそろお昼の時間だなあ」

落ち込む小雪をよそに、わざとらしく時計をちらっと見やる。

話し込んでいるうちに、針は正午を指そうとしていた。

「それなら私が何か作りましょうか？　せめてものお詫《わ》びに」

「いいっていいって。もう用意してあるし」

小雪を制して台所に向かう。

手にして戻ってくるのは、ふたつのお弁当箱だ。

「お弁当……？」

「うん。でも、ただのお弁当じゃないぞ。せっかく泊まりに来てくれるんだし、もてなそうと思ってさ」

いたずらっぽく笑い、直哉はぱかっと蓋《ふた》を開く。

中に詰まっているのはオーソドックスなおかずたちだ。

卵焼きに、小さなハンバーグ、ブロッコリー、などなど。それ自体は目新しいものではないのだが、小雪の目が一気に見開かれる。

そこに直哉はとどめを刺した。

「にゃんじろーのキャラ弁。気に入ってもらえたかな？」

「ひぃいいっ……⁉」

人間、あまりにツボすぎるものを前にすると悲鳴を上げるものらしい。

小雪はわなわなと震えながら、弁当箱をそっと両手で包み込む。

おかずに囲まれた中央には、薄焼き卵で包まれたおにぎりが鎮座している。

海苔《のり》で作った目やヒゲが、気の抜けた猫の顔を形作っていた。他にもニンジンを星形にくり抜いていたり、卵焼きがハート型になっていたりと、細かい造形にも手を抜いていない。隅から隅までじっくりと凝視《ぎょうし》しながら、小雪はごくりと喉《のど》を鳴らす。

「すごい再現度だわ……！　こんなことできたの⁉」

「この前、遊園地で猫のオムライスを食べただろ。あれを参考にさせてもらったんだよ」

「すっごく時間がかかったんじゃ……」

「そんなことないって。昨日の夜から仕込みをして、トータル三時間くらいかな」

「さ、さんじかん……」

小雪は完全に絶句してしまう。

しばしじーっとキャラ弁に向き合ってから、直哉の顔をおずおずとうかがってくる。

「もうすでに私のことを攻略済みなのに、この上さらに落とそうとしてない……？　本気度が怖いんだけど」

「あれ、喜んでくれないのか？　そっかー……頑張って作ったんだけどなあ」

「うぐっ……！　直哉くんなら、私が感激してることくらい見て分かるくせに！」

悔しそうに歯を食いしばりつつも、小雪はスマホを取り出す。撮影会を始めるつもりらしい。

しかし待ち受け画面のにゃんじろーと弁当を見比べて、小さく首をかしげる。

「あら？　よーく見るとちょっとお顔が違うわね……？」

「うっ……これでも上達したんだからな」

本家と比べて、直哉の作ったにゃんじろーはやや不恰好《ぶかっこう》だ。

顔のパーツはどこかバランスが悪いし、おにぎりの形自体も少し凸凹している。

料理自体は得意だが、こういう細かい作業には練習が必要だった。何度も失敗を繰り返して、ようやく出せる形になったのがこれである。

直哉は頭をかきつつ苦笑する。

「次までにもう少しレベルアップしておくから。今日は目をつむって食べてくれよ」

「……そんな勿体《もったい》ないことしないわよ」

小雪は少しムスッとしてから、弁当をぱしゃりと撮影する。

その写り具合を確かめると、その口角が自然と持ち上がった。

小雪は微笑《ほほえ》みながら声を弾ませる。

「これはこれで可愛いし。何より、直哉くんが私のために作ってくれたんですもの。だから大事に食べるわ」

「そ、そっか」

素直な言葉に、試行錯誤の苦労がすべて吹き飛んだ。

直哉は頬を赤くして黙り込んでしまう。

その間に、小雪は小雪でなおも撮影会を続けるのだ。

「うふふ、可愛い。このままコレクションに加えたいくらいだけど、食べないといけないのよね……悩ましい限りだわ」

角度や光源をあれこれ変えて、何枚も激写していく。先ほどまでの落ち込みようはどこへやら、狙《ねら》い通りにすっかり元気を取り戻してくれたらしい。

そんな無邪気な姿を見ていると、直哉の心はますますぽかぽかと暖かくなって――。

（好きだなあ……うん）

そこで急に、ふたりっきりのこの状況が無性《むしょう》に恥ずかしくなってしまった。

直哉は慌てて席を立ち、台所へと向かう。

「そ、それじゃ少し早いけどお昼にするか。お茶とか準備するな」

「あっ、私も手伝うわよ」

「いいって、お客さんなんだし。そのかわり、夕飯のときは手伝ってくれよ」

「はあい。ふふ、それにしても可愛いお弁当だわ。結衣《ゆい》ちゃんたちに自慢しようっと」

小雪はキャラ弁にすっかりご満悦《まんえつ》で、直哉の動揺には気付いていないようだった。

そのことにホッとしつつ、また時計をちらっと見る。

長針の進みはのんびりしていて、窓の外にも爽《さわ》やかな秋晴れが広がっていた。一日はまだまだ長い。

直哉はこっそりと天井《てんじょう》を仰《あお》ぎ、胸中でぼやくしかない。

（おもてなしで煩悩《ぼんのう》を誤魔化《ごまか》す作戦……前途多難だなあ）

ふたりっきりのお泊まりなんて初めてだ。
こんなお遊びでも全力で取り組まないと、煩悩が爆発《ばくはつ》しそうだった。

二章　お試し同居の夜

ふたりしてキャラ弁を平らげた、しばらく後。

「はい、また俺《おれ》の勝ち」

「んっっなああああ！」

笹原《ささはら》家に、小雪《こゆき》の奇声が響き渡る。

テレビに表示されているのは、直哉《なおや》の操作するキャラクターの勝利画面だ。小雪の操作キャラは、その隅っこで目を回してのびていた。

小雪は隣に座る直哉のことを、ぎんっと睨《にら》み付《つ》けてくる。メデューサもかくやあらんといった眼光だ。とはいえ涙目なので、直哉を凍り付かせるような威力はない。

「何よ今の技は⁉　反則じゃない！」

「ちゃんとゲームのルールに則《のっと》ってるっての。さて、ルールは三本先取だったな。あと一回で小雪の風呂《ふろ》掃除が確定するけど」

「いいえ、そんな未来は来ないわ。なぜなら……次は絶対に私が勝つからよ！」

小雪はありったけの殺意を込めて、ギリギリと歯を噛《か》みしめた。

お泊まり会の甘酸《あまず》っぱさはそこにはなく、全力の闘志だけが伝わってくる。

普通のデートなら残念がるところなのだろうが、直哉はこっそりと胸をなで下ろしていた。

（ふう……これならしばらくは耐えられるかな）

昼食のキャラ弁は、見た目ばかりか味も高評価だった。

小雪はそれを噛みしめるようにしてゆっくり食し、最後は洗い物を引き受けてくれた。

洗い場から聞こえる水音と、小雪の鼻歌。

そのふたつを背中越しに聞いて、直哉は顔を覆《おお》ってつぶやいた。

『これはキツい……』

『何が？』

小雪はきょとんとしていたが、直哉にとっては死活問題だった。

（もう完全に新婚だよ！　こんな嬉《うれ》しいシチュエーション、耐えられるわけないだろ⁉）

しかも、これがあと明日まで続くときた。

手を出してはいけないと分かっていても、悶々《もんもん》とするのは仕方なくて。

そういうわけで、一計を案じたのだ。

『よし、小雪。暇だしゲームしようぜ』

『はあ？　男の子ってこれだから嫌よね。ゲームなんて小学生で卒業しなさいよ』

『あー、そうだよな。小雪にはちょっと難しいか。じゃあ別ので――』

『やってやろうじゃないの！　吠《ほ》え面《づら》かいても知らないわよ！』

そういうわけで、ふたりっきりでのゲーム大会が決行された。

目論見《もくろみ》通り小雪は熱くなってくれて、甘い空気は雲散霧消《うんさんむしょう》している。

次の勝負が始まった。互いの操作するキャラクターが画面を縦横無尽に駆け巡る。コントローラーをがちゃがちゃしながら、小雪はありったけの憤懣《ふんまん》を込めて舌打ちする。

「ええい、おとなしくしなさい！　おもてなしするんじゃなかったの⁉」

「接待プレイしたら、それはそれで小雪は確実に怒るじゃん」

「当たり前でしょ！　手を抜いたりしたらリアルファイトよ！」

「うん、じゃあこっちも全力でいくな。さっき手に入れた必殺アイテムをここで使う」

「いやああああ⁉」

小雪が絶叫するとほぼ同時、勝負が決した。

こうして直哉の三戦三勝である。

小雪はしばし打ちひしがれていたものの、リザルト画面からそっと目を逸らして胸を張る。

「ふんだ。特殊能力持ちの直哉くんとゲームなんて、そもそもが見えた死亡フラグだったのよ。だから全然悔しくないし」

「まあそりゃ、人狼《じんろう》ゲーム系の読み合いなら無双できるけど。こういうのはただの実力だぞ」

「は、腹立つぅ……次は負かすから、首を洗って待ってなさいよ！」

虚勢も長く続かず、宣戦布告を突きつける小雪だった。

ぶつぶつ文句をつぶやきつつも、腰を上げる。

「まったくもう、敗者はお風呂掃除よね。いいわよ、やってやろうじゃない」

「いやあ、お客さんにそんなことまでさせちゃって悪いなあ」

「ちっ……そんな余裕が出せるのも今のうちなんだからね」

小雪は大きな舌打ちを残し、まっすぐ風呂場へと向かった。もうすっかり笹原家の間取りを熟知しているらしい。

そんな彼女を見送って、直哉はひとまず息を吐く。

「ふう。あと二十時間だな……」

秋の休日は相変わらずゆったりとした空気が流れていたが、時間はしっかりと経過していた。

こんな感じでまったりじゃれ合っていれば、きっとすぐに明日の朝がやってくる。

そう計算して気を抜いた矢先――。

「ふんふんふーん♪」

風呂場からシャワーの音と、小雪の鼻歌が聞こえてくる。

先ほど遊んでいたゲームのＢＧＭだ。惨敗《ざんぱい》を喫《きっ》しつつも楽しんでもらえたらしい。

それはともかくとして――

（なんかこれ……掃除してもらってるっていうより、先にシャワーを浴びてもらってるみたいだな……？）

それなりの距離があるし、リビングの扉は閉めている。

そのはずなのだが、直哉の地獄耳はしっかりそれらを捉《とら》えてしまった。

「……こっちの方がマズくないか？」

当然、脳裏《のうり》に描かれるのは小雪の一糸まとわぬ姿で。

上気した頬《ほお》とか、水滴が滑り落ちる柔肌《やわはだ》とか、つんと張った胸とかお尻《しり》とか……そうしたものが、やけにリアルに脳内再生された。

「ぐふっ……！」

完全なるクリティカルヒットだった。

直哉はバクバクうるさい心臓を押さえて倒れ込んでしまう。風呂場の掃除を頼めばこんな展開になることくらい、いつもの自分なら分かっていたはずなのに。

（浮かれて、完全に策に溺《おぼ》れている……！）

自分で仕組んだことでダメージを受けていては世話がない。

その間にもシャワー音と、小雪が奏《かな》でる調子外れの鼻歌が聞こえてくるし――。

「くそっ、ちょっと外の空気でも吸って冷静に……うん？」

直哉が立ち上がろうとしたちょうどそのとき、軽快なチャイムの音が響いた。

しかもそのあと続けざまに何度も何度も押される始末。

「はいはい、今行きますよー！」

その音に急《せ》かされるまま、直哉はバタバタと玄関に向かう。

インターホンのカメラを確認するまでもない。

扉を開けて、訪問者を笑顔で出迎える。

「ありがとう、結衣《ゆい》。助かったよ」

「えっ、なんで？」

チャイムに人差し指を伸ばしたまま、結衣はきょとんと小首をかしげる。

突然の訪問者によって煩悩が有耶無耶《うやむや》になったなんて、言えるはずもなかった。

そこで結衣の陰から小さな少女がひょっこりと顔を出す。

「直哉おにーちゃん、こんにちは！」

「はいはい、こんにちは。久しぶりだな、夕菜《ゆうな》」

つい先日、小雪と直哉をめぐって恋のバトルを繰り広げた結衣の妹だ。

夕菜はニコニコと挨拶《あいさつ》してみせてから、直哉の腰にぎゅーっと抱き付いてくる。

小雪とは熱い友情を交わしたため直哉を譲ったはずなのだが……子供特有の無邪気さで以前と距離感はあまり変わらない。

直哉にキラキラした笑顔を向けて、無邪気な質問を投げかけてくる。

「小雪ちゃんとはその後どう？　ラブラブになった？」

「もちろんラブラブでイチャイチャしてるよ。お子様には聞かせられないくらいには」

「きゃーっ、『じょーねつてき』！　教えて教えて！」

夕菜のテンションは一気にうなぎ登りだ。小学生女児のトレンドは恋バナらしい。

そんな妹を、結衣はがしっと摑《つか》んで直哉から引き離す。

「こーら、夕菜。そういうのは根掘り葉掘り聞いちゃいけないの。弁《わきま》えなよ」

「ぶーぶーっ。だって気になるんだもんー。結衣おねーちゃんは、巽《たつみ》おにーちゃんとどんなふうにラブラブしてるのか教えてくれないし」

「小学生の妹にそんな話できるわけないでしょうが……別に普通だっての」

「この前ふたりで花火大会に出かけて、下駄《げた》の鼻緒が切れた結衣のことを巽がおんぶして帰ったらしいぞ」

「直哉ぁ!?　なんで気付いたかは置いといて……ここでわざわざばらす必要はなかったよねえ!?」

「すっごーい！　少女漫画みたい！」

輝かしい青春を送る姉へと、夕菜は尊敬の眼差《まなざ》しを送る。

結衣も巽も、直哉には自分たちのお付き合いについて決して話はしないものの、ほぼ毎日会っているのですべて筒抜けである。

「まったくもう……ほら、これ。あげる」

結衣はこめかみを押さえつつ、手にした紙袋をずいっと差し出した。

中身は大量のサツマイモだ。形は悪いが、皮の色が鮮やかで艶《つや》がある。

「田舎《いなか》から届いたから、今年もお裾分《すそわ》け。おばさんかおじさんいる？」

「今日はどっちも留守。言付《ことづ》けておくよ」

「相変わらず忙しくしてるんだねえ。ま、いつも通りっちゃいつも通りか」

夕菜は苦笑を浮かべてみせる。

十年以上も家族ぐるみで付き合いがあるため、直哉の両親とも顔見知りだ。如何《いか》に法介《ほうすけ》が常識離れしているかも重々承知で、長い不在にも疑問を抱かない。

そんな話をしていると、夕菜がキランと目を光らせてふたたび直哉にしがみつく。

「じゃあ直哉おにーちゃん、今日はお暇なの？　それなら夕菜たちとあそぼ！　今日はこれからエリスちゃんが来るんだよ！」

「ああ、それはいいかもね」

結衣もうなずき、いたずらっぽく笑う。

「来月の一大イベントについても、今から話し合っておきたいし。暇なら来なよ」

「魅力的なお誘いではあるんだけどなあ……」

直哉は頬をかいて、ちらっと背後をうかがう。

「今日は無理だ。のっぴきならない事情があるんでね」

「じじょー？」

夕菜が首をかしげた、ちょうどそのタイミングだった。

「ちょっと直哉くん！」

家の奥からバタバタと足音が近付いてきて、ほどなくして小雪が現れる。

掃除のためか腕まくりして、髪もまとめてポニーテールにしていた。片手に持つのはスプレー型の掃除用洗剤だ。直哉を見つけるなり目を吊《つ》り上《あ》げるのだが――。

「お風呂の洗剤が切れそうなんだけど。まったくもう、人に掃除させようっていうのなら、前もって準備して……あっ」

「……小雪ちゃん？」

「っ……結衣ちゃんに夕菜ちゃん⁉」

のけぞらんばかりの綺麗《きれい》なリアクションだった。

凍り付く小雪をよそに、夏目姉妹《なつめしまい》は顔を見合わせる。

そうして、結衣が頬に手を当てて困ったようにぼやくのだ。

「両親不在の彼氏の家で、お風呂掃除中……？　えっ、ふたりとも、いつの間にそこまで進んでたの？」

「ち、違うから！　ゲームに負けたせいなの！」

小雪は真《ま》っ赤《か》になってあたふたと否定する。

他人から見て自分の姿がどう映るのか気付いてしまったらしい。どう考えてもいかがわしい

展開待ったなしである。

　一方で、お子様の夕菜はどこまでも無邪気に小雪へ笑いかける。

「そっかー。小雪ちゃんと直哉おにーちゃん、結婚したんだね！」

「けっ、結婚んん⁉」

「だって、そうじゃなきゃお風呂掃除なんてしないでしょ？」

「夕菜は鋭いなあ……」

　直哉は灰色の空を仰《あお》ぐばかりだ。

　いたいけな夕菜の目から見ても新婚さんなのは明らかなようだ。

　そんな妹へ、結衣はゆっくりとかぶりを振る。

「違うよ、夕菜。結婚はもうちょっと先」

「なーんだ。じゃあお式には夕菜も呼んでね、とびっきり可愛《かわい》いドレスで行くんだから！」

「し、式なんてしません！　何言ってるのよ、夕菜ちゃん！」

「うんうん、最近は家族だけで式を挙げるのも多いっていうよね。いいと思う！　だったらあとでお写真見せてよね、小雪ちゃん！」

「妙に詳しい……！　キラキラした笑顔で言わないでちょうだい！」

　小雪の顔は、もはや茹《ゆ》で蛸《だこ》を通り越してマグマのように真っ赤だ。

　このまま無駄なツッコミを叫び続ければ酸欠で倒れかねない。

そのため、直哉はさらりと真実を打ち明ける。

「実は今日、小雪が泊まることになっててさ」

「はあ……?」

「ちょっ、ちょっと直哉くん⁉」

怪訝《けげん》そうな結衣と、大慌ての小雪。

直哉はおかまいなしで、ことのあらましをかいつまんで説明してみせた。我に返った小雪が胸《むな》ぐらを摑まれて、直哉はぐわんぐわんと揺さぶられる。

摑みかかってくるころには、謀ったように――実際、時間を計ったのだが――説明完了する。

「なんでバカ正直に言っちゃうのよ⁉　バカなの⁉」

「だってヘタに誤魔化《ごまか》したら、変な誤解をされたままになるだろ。なら素直にしゃべった方がいいっての」

「うぐうっ……ど、どのみち行き着くところはあんまり変わらないと思うんだけど⁉」

小雪は梅干しを口いっぱいに頰張《ほおば》ったような渋面《じゅうめん》を作る。

それはそれとして、結衣はふむふむとあごに手を当ててしたり顔だ。

「なるほどねえ、お爺《じい》さんを納得させるため……か。ほんっと相変わらずふたりは二段三段飛ばしのスピード感でお付き合いしちゃってるね。いやはや、私みたいな凡人には真似《まね》できないから尊敬しちゃうよ」

「あはは。そう褒めるなっての、結衣」

「直哉くんなら百パーセント分かってると思うけど……皮肉よ、絶対に」

小雪がジト目で直哉を睨む。

そんな高校生組をじーっと見守ってから、夕菜はこてんと首をかしげてみせた。

「小雪ちゃん、今日は直哉おにーちゃんのおうちにお泊まりなの？」

「え、ええ、そうよ。だから結婚とかそういうのじゃないの。分かった？」

「分かったけど、うーん……」

小雪に説き伏せられて、夕菜は一応の納得を見せた。

しかし困ったように首を揺らし、不安そうな上目遣《うわめづか》いで尋ねてくる。

「おうちのひと、いないんだよね。小雪ちゃんたち、ふたりだけで大丈夫？」

「へ？」

「えっ……？」

小雪がぽかんとする横で、直哉はさーっと血の気が引いた。

灰色の空をゆっくりと仰ぎ見て、顔を覆う。

「マジかよ……それは気付かなかった」

「直哉くんはひとりで納得しないで。なんでダメなの、夕菜ちゃん」

「だって、今日の夜はおっきな嵐《あらし》が来るんだよ。テレビでいってたよ」

「へ」

きょとんと目を丸くする小雪に、結衣も気の毒そうに補足する。

「そうそう。進路を急に変えたとかで、停電の可能性もあるんだって」

「えええっ⁉」

どんより曇った空の元、小雪の声が響き渡る。

肌を撫《な》でる風も湿っていて、土の匂《にお》いがする。雨の気配が濃厚だ。

揃って呆然《ぼうぜん》とする直哉たちに、結衣が肩をすくめてみせる。

「ふたりとも知らなかったんだ。テレビとか見なかったの？」

「いやその、キャラ弁を作るのに夢中になってたから……」

「私もお泊まりの準備で忙しくて……」

「あはは。ふたりとも、お互いが絡《から》むとほんっとポンコツになるねえ」

結衣にくすくすと笑われて、ふたりともまるで反論できなかった。

いつもの直哉なら、天気予報など見ずともだいたいの天候が予想できるのだが、今日はそんなことに気を配っていられる余裕はなかったのだ。

黙り込むふたりを案じたのか、結衣がにこやかに提案する。

「心配なら、小雪ちゃんは家に帰ったら？　それともいっそふたりとも私の家に泊まる？　そっちの方が安心じゃないかな」

「そうね……それもありだと思うけど」

小雪はあごに手を当てて、少しの間考え込む。

その横顔は真剣そのものだ。嵐の中の外泊ともなれば、当然不安にもなるだろう。

しかし小雪がゆっくりとうなずいたとき、その目には強い決意が宿っていた。

かぶりを振ってから、結衣にきっぱりと告げる。

「せっかくだけど、どっちも辞退するわ。だって、またとない機会だもの」

「おおっ、小雪ちゃんったら大胆だねえ。嵐だろうと何だろうと、愛《いと》しの彼氏とのお泊まりを邪魔できないと……そういうこと？」

「へ……ちっ、違う！　そうじゃないから！」

キリッとした表情も長くは続かず、小雪はあたふたとしてしまう。

そこに直哉が補足するのだ。何を考えついたかくらい、手に取るように分かるので。

「手を出さないばかりか、嵐の中で小雪を守り抜いたってことになれば……お爺さんも俺を認めざるを得ないだろ。乗り越えるべき試練だってこと」

「なるほどねえ。彼氏との愛を証明するために、あえて危険へ飛び込む……情熱的な女だねえ、小雪ちゃん！」

「結衣ちゃん、もうわざとやってるわよね……？」

サムズアップで賛辞を送る結衣に、小雪はジト目を向けた。

「とは言ったものの……直哉くんは大丈夫そう？」

「たぶん平気かな。非常用の持ち出し袋も、こないだ中身を新調したばっかりだし」

主に法介のせいで、様々なことに巻き込まれがちな笹原家である。

そのためそういった防災意識は非常に高く、保存食や非常灯などの準備は常に万端だ。

そう説明しつつも、小雪に苦笑を向ける。

「俺は大丈夫だけど……小雪は？　雷の音と光、苦手だろ」

「うぐっ……へ、へーきだし。たぶん……」

後半の「たぶん」はかなり小声だった。

けっこうな怖がりなので、やっぱり雷も苦手らしい。

小雪は青い顔をしつつも、直哉の袖《そで》をきゅっと握ってくる。

「何があっても直哉くんが守ってくれるんでしょ。じゃないと許さないんだからね」

「もちろん。全力で守らせてもらうよ」

そんなことを言われてしまえば、誠心誠意うなずくしかなくて。

ナイト役を買って出ると、小雪だけでなく結衣の表情も和らいだ。

なんだかんだ茶化《ちゃか》しつつも、ふたりのことを案じてくれていたのだ。

「そういうことなら一安心かな。でも、何かあったら電話してよね」

「う、うん。ありがと、結衣ちゃん」

話はまとまったものの、夕菜はどこか不満顔だ。

むすーっと顔をしかめて口を尖《とが》らせる。

「ちぇー。小雪ちゃん、今日は来ないんだ」

「ごめんなさいね、夕菜ちゃん。また今度お誘いしてくれる？」

「うん。このまえね、にゃんじろーの新作ＤＶＤを買ってもらったんだ。しかも限定版。一緒に見ようね！」

「えっ⁉　それってひょっとして、このまえ出たばっかりのＳＧＰ財団入社編⁉　じ、実はまだ見てないのよね……あの、夕菜ちゃん。今日これから今すぐお邪魔しても――」

「揺れるな揺れるな」

誘惑にぐらぐらする小雪を制するべく、がしっと肩を摑んで引き留めた。

こうして夏目姉妹を見送ったあと、しばらくすると風が強くなってきた。窓ガラスはがたがた揺れて、どこからか飛ばされてきた張り紙が、勢いよく空へと舞い上げられる。

テレビの中では、アナウンサーが外出を控えるように言っている。

中継で流れる海の様子も、波が高くて白く泡立っていた。まさに嵐の前兆だ。

祖父の持ってきてくれたケーキをつつきつつ、小雪もどこか浮かない顔である。

「本当に荒れそうね。なんでママもパパも教えてくれなかったのかしら」

「俺がそばにいるから大丈夫、って判断したんじゃないかな。たぶん」

「うちの家族は直哉くんを信用しすぎでしょ……まったくもう、人を見る目がなさ過ぎるわ」

小雪は憎まれ口を叩きつつも、どこか得意げだ。

家族からの直哉の評価が高くて嬉しいらしい。

（でもまあ、彼氏っていうより第二の保護者だと思われてる節があるけどな……）

そこは指摘せず、直哉もケーキを食べ進める。

甘さ控えめで、入っているフルーツもみずみずしい。

とはいえ、それをゆっくり味わうわけにもいかなかった。やるべきことを脳内で挙げて、優先順位を付けていく。

「とりあえず早めに夕飯を作って、風呂も先に入っちゃうか。停電したら困るしな」

「そ、そうね。お昼は任せちゃったけど、今回は手伝うわ」

小雪もキリッとするものの、すぐにその顔がへにゃっと締まりのないものになる。

「なんだかドキドキしてきたかも。お泊まりなんて、それだけで特別なのに……さらに特別な気がしてきたわ」

「あー、誰《だれ》かの家に泊まるのも久々か」

「そうね。小学生のころに、恵美ちゃん家に泊まったのが最後かしら」

小さくため息をこぼし、小雪は目を細める。

一緒の布団《ふとん》で眠ったことや、遅くまでこっそり話をした思い出などが浮かんだらしい。温かい紅茶をすすってから、くすぐったそうに笑う。

「久々に今度また誘ってみようかしら。結衣ちゃんも呼んで、一緒にお泊まり女子会なんかできたらいいな」

「それなら来月叶《かな》うじゃんか」

「えっ、来月……って？」

小雪は一瞬ぽかんとする。

しかし、すぐに目をまん丸に見開いて叫ぶのだ。

「あっ、そうか！　もう修学旅行だわ！」

「やっぱり忘れてたな？　全然そういう話ししなかったもんな」

「し、仕方ないでしょ。このところドタバタしてたし……」

気まずそうに眉《まゆ》を寄せて、小雪は卓上カレンダーをそっと手に取る。

ぺらっと一枚めくれば、月半ばの四日間に丸が付けられていた。三泊四日の修学旅行、その日程である。

残りの日数を指折り数えて、小雪の顔色がさっと変わる。

「もうすぐじゃない……そろそろ準備しないと間に合わないわね」

「大袈裟《おおげさ》な。たった三泊の国内旅行だぞ、この前行った家族旅行の方が長いじゃんか」

「女の子には色々あるのよ。ガイドブックも買わなきゃだし、お泊まりセットも新調したいし……うう、お小遣《こづか》い、足りるかしら」

小雪は真剣な顔で悩み始める。

修学旅行を全力で楽しむため、あれやこれやと考えることは山積みらしい。

しかし、そこでふと小雪が直哉の視線に気付いて顔をしかめる。

「何よ、その微笑《ほほえ》ましそうな目は。子供っぽいとか思ってるの？」

「違うって。小雪が楽しそうで、俺も嬉しいんだよ」

直哉はにこにこと笑う。

出会った春先には、結衣たちとクレープ屋に入るだけで小雪は相当緊張していた。それが今ではこの通り、新しいことに臆《おく》することなくワクワクしている。

それが微笑ましかっただけだと弁明し、にこやかに続ける。

「夏はイベントが盛りだくさんだったけど、秋だって負けてないな。文化祭も楽しんだことだし、修学旅行もいい思い出にしようぜ」

「もちろんよ。冬も冬で……あっ」

そこで小雪は言葉を切った。

ぎこちなく直哉に顔を向け、恐る恐る尋ねることには——。

「あの……冬ってどんなイベントがあるか分かってる？」

「当たり前だろ。期末テストにクリスマス……あと、一番大事なのは」

小雪の手からカレンダーをひょいっと取り上げて、目当てのページを開く。

十二月二十五日。

一般的にクリスマスとされるその日には、誕生日ケーキのイラストが描かれていた。

「小雪の誕生日。そうだろ？」

「教えた覚えはないんだけど⁉」

裏返った悲鳴が、笹原家のリビングにこだまする。

小雪は物理的にも精神的にも距離を取り、直哉にドン引きの目を向ける。

「最近は察しの良さがレベルアップしつつあったけど……まさかあなた、相手を見ただけで誕生日まで当てられるようになったの？　さすがにそれは怖すぎない？」

「そんなわけないだろ。普通に知ったんだって」

「朔夜《さくや》から聞いたとか……？」

「いや、前に映画に行ったときに学生証を出しただろ。そのときチラッと見えたんだよ」

「その観察眼は、全然普通じゃないのよね……」

小雪は呆《あき》れたように肩をすくめ、ふんっと鼻を鳴らす。

「でもまあ、当たりよ。クリスマスと同じ日だから、一緒くたにされがちな誕生日だけど……」

「それなら、今年は誕生日とクリスマス、どっちも別々に祝おうか」

「……ほんとに？」

拗《す》ねたような顔で、こちらを見やる小雪。

そんな彼女に直哉はきっぱりと断言する。

「ああ。喜んでもらえるように、精一杯プランを考えておくよ」

「……そう」

小雪の表情が和らいで、口の端にかすかな笑みが浮かぶ。

カレンダーに注《そそ》がれる眼差しには、キラキラとした光の粒が含まれていた。

髪をかきあげて、ウキウキと言う。

「ふふん、彼氏として仕える覚悟ができているじゃない。なかなか感心だわ。ちなみに……ちなみになんだけど」

そこで少しばかり声のトーンを落として、シンプルな質問を投げかけてくる。

「直哉くんの誕生日って、いつなの？」

「ああ、来月だけど」

「そ、そう。ふーん。別に興味はないけど。ふーん、来月……へ」

そこで小雪がピシッと凍りついた。

直哉からカレンダーを取り戻し、来月のページを穴が空くほど凝視する。

しばらくしてごくりと喉《のど》を鳴らしてから、大きく息を吸い込んで叫んだ。

「来月ぅ⁉」

「ああ、うん。ちょうど修学旅行の一週間前だな」

「なんでもっと早く言わないのよ⁉　急すぎるじゃない！」

「いや、タイミングを逃しちゃって」

秘密にしていたわけではなく、これまで一度も誕生日の話が出なかったので言いそびれていただけだ。

直哉は頬をかいて苦笑する。

「自分から言い出すのも、なんか催促《さいそく》してるみたいだし。まあ気にすることないって」

「無茶を言わないでよね……」

小雪は渋い顔をして、ふたたび思案顔となる。

修学旅行について考えていた先ほどまでとは異なり、その顔は沈痛そのものだ。

「これはマズい事態だわ……まさか修学旅行と直哉くんの誕生日が被るなんて。お財布が大ピンチじゃない」

「別にお金をかけてくれなくてもいいんだぞ。たとえば、小雪が抱き付いてキスしてくれるだけで十分な誕生日プレゼントになるし」

「しません。それ以外の方法で祝ってあげるわ」

小雪がぴしゃっと冷たい目で宣言した、そのとき。

ガタガタガタッ！　ざぁあああっ！

窓ガラスが激しく揺れて、激しい雨音が響いた。リビングに静けさが落ちる。

そっと外を見てみれば、いつの間にやら雲がさらに分厚くなっていた。横殴りの雨はまるで戦場を飛び交う弾丸のようだ。ゴロゴロという雷の音が、遠くの方から聞こえてくる。

嵐はもうすぐそこだ。

直哉と小雪は顔を見合わせ、同時にうなずいた。

「……イチャイチャするのもいいけど、先にやることを済ますか」

「それが良さそうね……イチャイチャなんてしてないけど」

そういうわけで、ふたりで協力して簡単な夕飯を作った。

隣り合って野菜を切って、味噌汁《みそしる》を作ったりして作業を分担した。ふたりで調理するのはこれまで何度もあったので、もう慣れたものだ。ただ、笹原家の台所では初体験だった。

（やっぱり新婚っぽいなあ……）

直哉はもちろんドキドキしたし、小雪も意識して口数が少なかった。

夕飯を食べ終えたら、すぐに風呂を沸かした。

そのころにはすっかり日も暮れて、雨風は強さを増していた。テレビでは警報情報がひっきりなしに流れている。

小雪に風呂を譲り、直哉はその間に電話をかけていた。

「そういうわけなんだけど……ほんとにうちに泊めて大丈夫かな？」

『もちろん』

電話の向こうで、朔夜が淡々と答える。

いつも無機質な声ではあるものの、機械を通すとさらに合成音めいていた。

それでもどこか面白《おもしろ》がっているように軽《かろ》やかだ。朔夜はあっさりした調子で続ける。

『嵐って言っても、そんなに規模も大きくないし。夜の間にすぐ過ぎちゃうでしょ。ママもパパもそんなに心配してないよ。何かあったら連絡してほしい、ってくらい』

「俺が言うのもなんだけど、信頼しすぎじゃないかなあ」

『だってお義兄《にい》様なら嵐くらいどうってことないでしょ。ジャングルの奥地で遭難しても、謎《なぞ》スキルで難なく切り抜けそうだし』

「そこまで万能じゃないっての。親父《おやじ》なら可能だけどなあ」

その昔ジャングルの奥地で遭難した際は、虎《とら》の背中に乗せて運んでもらったり、言葉の通じない現地人にもてなしてもらったりして、無傷であっさり生還したらしい。

さすがの直哉もそこまではできないと思う。たぶん。

「まあお義父《とう》さんたちはいいとして……お爺さんも何も言ってないのか？」

『お爺ちゃんは、アーサー先輩のことでショックを受けて口数が少ない』

「ああ……なるほどな」

直哉はしみじみとうなずく。

今日はアーサーと許嫁問題について話し合いをしていたはずだ。

そこでショックを受けたとなれば、原因はひとつしかない。アーサーが許嫁を下りたこと自体ではなく――。

「アーサーには本当は別に好きな子がいるっていうのに、よくよく話も聞かずに小雪の許嫁にしちゃったもんだから、それを反省したんだな」

『その通り。ひとりで突っ走ったことを思い知ったらしい』

「でも、あれはアーサーも悪いと思うけど。あいつ、クレアを諦《あきら》めるために許嫁を引き受けたんだしな」

『だからお互い謝りっぱなしで、話がなかなか進まなかったんだって』

ともかくそういうわけで、許嫁の話は白紙に。

ついでにクレアの留学費用も、小雪らの祖父、ジェームズが援助することになったらしい。

兄妹はいたく感動して、将来的にジェームズの行っている事業の手伝いをしたいと申し出た……とかなんとかで、ひとまず大団円を迎えたようだ。

朔夜は棒読み気味の声で「くすくす」と笑う。

『そういうわけで、名実ともにお義兄様が唯一の許嫁候補になった。おめでとう』

「あはは、小雪は認めないだろうけどな」

許嫁だの結婚だの、今の小雪にはキャパオーバーだ。

それでも直哉は――。

（結婚かあ……）

先日見た夢を思い、少しばかり胸がざわついた。口の中に湧いた唾《つば》を静かに嚥下《えんげ》する。

そんなことにも気付かず、朔夜は軽くエールを送ってくる。

『それじゃ、今夜は頑張ってね、お義兄様。据《す》え膳《ぜん》食わぬは男の恥だけど、今回は我慢あるのみだよ』

「まあ、あとは寝るだけだし別に……お？」

ふっと予感があって、天井《てんじょう》を見上げる。

次の瞬間、家の中が完全な闇《やみ》に包まれた。

天井のライトはもちろん、テレビもエアコンも、ありとあらゆる電化製品がうんともすんともいわなくなる。

「ひっ……きゃあああああっ⁉」

そして案の定、真っ暗な家の中から悲痛な叫び声が聞こえた。

非常用の電灯を付けて、直哉は腰を上げる。

「ごめん、朔夜ちゃん。停電した。充電を温存するために、ひとまず切るよ」

『はーい。気を付けてね、ふたりとも』

通話を切り、廊下の壁を伝って急いで風呂場へと向かう。

脱衣所に繋《つな》がる扉をそっと開いて、中を照らす。

浴室ドアの向こうには、しゃがんで小さく震える人影が見えた。どうやら体を洗っているタイミングだったらしく、シャワーの音が響いている。

（つまり、小雪は今裸なんだよな……）

風呂に入っているのだから当然だ。

だがその当たり前のことが直哉の煩悩を大いに刺激した。

ごくりと喉を鳴らしそうになるが、なるべく平静を心がけて声を掛ける。

「おーい。大丈夫か、小雪」

「ううう っ……きゅ、急に電気が消えてぇ……」

「停電したんだよ。たぶんすぐに復旧すると思う」

ここに来るまでにスマホで調べたが、停電範囲は笹原家を含むごくごく狭い範囲だった。

これなら復旧作業も早いだろう。

ライトを床に置いて、直哉は退散しようとするのだが――。

「とりあえず、ここに明かりを置いておくから。ゆっくり入ってくれよな」

「あっ！　ま、待ちなさい！」

小雪が慌てて制止の声を上げた。

浴室に繋がるドアがほんのわずかに開かれる。

その隙間《すきま》から、小雪がそっと顔を出した。ほんのり上気した頬に、銀糸のような髪がぺったりと張り付いている。雫《しずく》がぽたぽたと落ちてきて、脱衣所の床を濡《ぬ》らした。

首から下は曇りガラスの向こうだ。だがしかし、暗がりの中で照らされて体のラインがはっきりと分かってしまう。両手で余りそうな胸も、おへその位置も一目瞭然《いちもくりょうぜん》だ。

水着は何度も見ているし、先日はバニー服すら拝んだ。

それでもその光景は、そのまま裸を目撃してしまうよりも、よっぽど扇情的だった。

直哉がフリーズして動けないのをいいことに、小雪は涙目で睨み付けてくる。

「ここにいてくれないと、絶交してやるんだからね……」

「い、言うと思ったけどさ……」

直哉はぎこちなく視線を逸らした。これ以上直視するのはマズい。

廊下を指さして、子供を宥《なだ》めるようにして言う。

「すぐ外で待ってるよ。怖いのは分かるけど、さすがに脱衣所にいるのはマズいだろ」

「だから、後ろを向いててちょうだい。それなら平気だから」

「それはそれで、俺には拷問《ごうもん》だって分かるよな……？」

「仕方ないでしょ……！　暗くて風がすごくってぇ……思ってたより怖いんだもん！」

小雪は半泣きを通り越して、くしゃっと顔を歪《ゆが》めて震える始末。

たしかに浴室の窓は激しく揺れているし、その外にはうごめく闇が広がっている。ホラー映画だったら、仮面を被った殺人鬼がナイフを手にして現れるシチュエーションだ。

どうやら恥ずかしさと怖さを天秤《てんびん》にかけて、後者が圧勝したらしい。

そんな小雪に、直哉はため息をこぼす。

「手を出しちゃいけないお泊まり会なのに、小雪がそういうフラグを立ててどうするんだよ。彼氏を罠《わな》に嵌《は》める気か？」

「不可抗力よ。いいから後ろを向く！」

「はいはい……分かりましたよ」

直哉は腹をくくって壁を向いた。

強行突破で外に出た場合、小雪が裸のままで追いかけてきそうだったからだ。どちらがより一層居たたまれないか考えた結果、拷問を選ばざるを得なかった。

背後で小雪が満足そうにうなずく気配がする。

「そう。そのまま待ってなさいよ、すぐに着替えるからね……」

きぃっ……と扉が開かれる音。それに続いて、ぺたぺたとした足音が聞こえてくる。

そうして、小雪は直哉の背後で体を拭《ふ》いていく。

とはいえ狭い脱衣所だ。光源は電灯だけだし、かなりもたもたしている。

気配だけでも、今背中を拭いているなとか、髪から滴《したた》った雫《しずく》が落ちたなとかが分かって、その映像が克明に直哉の脳内で再生される。己《おのれ》の感覚の鋭さをこれほど呪《のろ》ったことはない。

しかも鏡を覗《のぞ》き込もうとしたのか、小雪が体勢を変えた。

そのせいで、何も穿《は》いていないお尻が直哉の体に当たって――。

「あっ、ごめんなさい！」

「ううう……」

直哉はその場で、頭を抱えてうずくまるしかなかった。

先日のプールでは、水着のままで密着した。旅行先では雨に降られて、下着姿で温め合った。

けっこう過激なイベントは何度もあったが――上には上があることを、直哉は思い知った。

「さすがにこれはキツいだろ……何の罰ゲームだよ、ほんとにさぁ……」

「うるさい！　私だってめちゃくちゃ恥ずかしいんだからね……！」

理不尽に怒鳴りつつも、小雪は着替えを完了した。

家から持ってきた、もこもこしたパジャマだ。

ショートパンツから、すらりとした素足が伸びて健康的で可愛らしい。いかにも女の子といった出《い》で立ちなので、彼氏ならひと目見ただけでテンションが上がることだろう。

だが、直哉の心は完全に凪《な》いでいた。ほっと胸をなで下ろす。

「服を着てくれるだけで、こんなに安心できるなんて……考えたこともなかったなあ」

「くっそう……彼女のパジャマを見てその反応とか、どうかと思うんだけど」

「あ、すっごく可愛いよ。よく似合ってる」

「取って付けたように言うんじゃないわよ！　でも、まあ……ありがとね⁉」

ヤケクソ気味に言って、小雪はそっぽを向く。今さら恥ずかしくなってきたらしい。

そこで――。

どぉおおおん！

「ひゃうぅっ⁉」

「うおわっ⁉」

轟音《ごうおん》とともに家が揺れて、小雪が大きく跳び上がった。

そのまま腕に抱き付いてきたので、直哉は素数を数えて平常心を保とうとする。しかしノーブラなのが感触で分かってしまい、その努力は水泡《すいほう》と帰した。

轟音はなおも続く。窓の外は街灯すら消えた真《ま》っ暗闇《くらやみ》だが、空に何度も閃光《せんこう》が走った。

直哉にしがみついたまま、小雪は半泣きだ。

「ううっ……雷も鳴り出してきたしぃ……」

「そろそろピークみたいだな……」

とはいえ、予報ではこれも長くは続かないという。

しっかり戸締まりをして、大人しくしていれば問題はないだろう。

直哉は小雪の手をやんわりと引いて笑顔を向ける。

「ほら、リビングに行こうぜ。なんなら携帯ゲームを貸してやるから、それでも遊んでろって。

ヘッドホンを着けてりゃ、雷の音も少しはマシだろ」

早くこの狭い脱衣所から逃げ出したい一心だった。

しかし、小雪は一歩も動こうとしない。代わりに、抱き付いたままじーっと直哉のことを見つめてくる。意図《いと》は読めたが、一応聞いておく。

「……なんで動かないんですかね？」

「だって、次は直哉くんがお風呂に入る番でしょ」

小雪はムスッとした顔で言う。

そっと直哉から離れて壁に背を預け、高飛車に続けることには――。

「だから、ここで待っててあげるわ。ありがたく思うことね」

「なんのプレイだよ⁉」

付き合って二ヶ月で実績解除するものではなかった。

直哉のツッコミに、小雪は澄まし顔を取り払って真っ赤になって叫ぶ。

「そういうのじゃないし！　こんなに怯《おび》える彼女をひとり放置するとか、彼氏の風上にも置けないって言ってるのよ！」

「彼氏の風呂に付き添う彼女もどうかと思うけどな⁉」

脱衣所でしばし押し問答を続けたものの、泣く子と小雪には勝てるはずもない。

結果、今度は小雪が壁を向き、直哉が急いで風呂に入ることとなった。

「ちゃんと髪は洗った？　リンスもしっかりやるのよ、いいわね」

「ほんとになんのプレイだよぉ……」

入浴中にひとり残されて心細いのか、小雪がやいやい茶々を入れてきたので、まったく心が安まらなかったのは言うまでもない。

暴風雨が続く中、可及的速やかに入浴を終えて、手早くジャージに着替える。

こうしてひとまずのミッションは完了した。

ふたり揃《そろ》って真っ暗なリビングに戻ってから、直哉はぱんっと手を叩《たた》いて宣言する。

「よし、もうとっとと寝よう」

「ええー……」

小雪はあからさまに不服そうである。

リビングのソファに腰を下ろし、足を抱えて体育座りをする。

「せっかくのお泊まりなんだし、夜更かししたっていいじゃない。明日は日曜なんだし」

「いいや、ダメだ。こういう日は早く寝るに限る」

きっぱりとそう言って、直哉は和室に繋がるふすまを開ける。

六畳の和室には布団一式がすでに準備されていた。非常灯や水の入ったペットボトルまでばっちりで、お客様にくつろいでいただくには十分だろう。

「そういうわけだから、小雪はこっちの和室を使ってくれ」

「……やだ」

小雪はむすーっとして膨れるばかりだ。体育座りのまま動こうとしない。

そんな小雪に、直哉は肩を落とすのだ。

「いや、言いたいことは分かるけど……それは確実にアウトだろ」

「なんでよ。ひとりで寝たくないから、夜更かしに付き合えって言いたいだけなのに」

小雪はびしっと窓を指し示す。

外は依然として雨風が暴《あば》れ回っており、ときおり空には稲光が走る。

「こんな嵐の中で、ひとりで眠れるわけないでしょ。大事な彼女を見捨てる気？」

「夜更かし自体はいいんだよ、夜更かし自体は……」

停電の中とはいえ、大好きな彼女と夜更かし。

かなりグッとくるシチュエーションだが、そのルートを選んだ場合のオチは見えていた。

「そしたらまず間違いなく、小雪は俺を布団に引きずり込むんだよ。ひとりは嫌だって。で、俺はそれを断り切れずに一晩一緒に過ごすことになる」

「うぐっ……そんなはしたない真似しないし、とは言えないのよね……」

小雪はもごもごと言葉に詰まる。

これまでの己の行動を省みて、やりかねないと思ったのだろう。

それでも俯《うつむ》き加減の上目遣いで、直哉に問いかけてくる。

「でも、直哉くんは眠った私に変なことするような人じゃないでしょ……？　だから大丈夫だもん」

「うっ……それは卑怯《ひきょう》だろ」

殺し文句にもほどがあった。

たしかに、そんなことをするつもりは毛頭《もうとう》ない。とはいえ一緒にいて、魔が差す可能性は十二分にあった。直哉はわざと軽薄な笑みを浮かべて、おどけるように言ってみる。

「いいのか、俺だって男なんだ。ちょっと触ったりするかもしれないぞ」

「…………し」

「へ」

直哉はぴしっと固まった。蚊の鳴くような小雪の声が、聞き取れなかったからではない。ばっちり聞き取り、意味を理解してしまったからだ。

小雪はダメ押しとばかりに、もう一度はっきりと告げる。

「直哉くんなら、いいし」

「ぐふっ⁉」

ダメ押しのクリティカルヒットだった。

直哉は胸を押さえてしゃがみこむ。

そこに小雪が真っ赤な顔で近付いてきて、ぐいぐいと体を押してきた。

「だいたい、このまえ私が風邪を引いたときだって一緒のお布団に入ったでしょ。今さら何の問題があるっていうのよ」

「あれも小雪が無理やり引きずり込んだんだろ……事故みたいなもんだって」

「今このときだって緊急事態よ。そういうわけだから！　ほら、トランプでも何でも持ってきなさい！　夜はまだ長いのよ！」

「ほんっと、開き直ったときの勢いはすごいんだよなあ……」

こうなったらもうヤケだ。

直哉はよろよろと立ち上がり、夜更かしの準備に取りかかった。

停電中なので昼間のようなテレビゲームはできず、ボードゲームで時間を潰《つぶ》した。

真っ暗な和室で非常灯を付け、お菓子とジュースをお供にして繰り広げるゲームは、雑談を交えながら淡々と進む。お色気イベントからはほど遠い、まったりとした空気だ。

そして、深夜一時を回ったころ。

「おっ、ついた」

ぱっと天井の電灯が灯《とも》った。

リビングも明るくなって、冷蔵庫の駆動音が小さく鳴り響く。停電が直ったようだ。

ゲームに熱中する間に、いつしか嵐は止《や》んでいた。窓の外からは風音も聞こえず、しんと静まり返っている。

ゲームを中断して、直哉は家の中をチェックした。

窓も無事だし水も出る。これならもう何の心配もないだろう。

そのため、すぐに和室に戻って小雪の肩を揺すった。

「よし。そろそろ寝るか、小雪」

「むにゅう……」

小雪はボードゲームのカードを持ったまま、うつらうつらと船を漕《こ》いでいた。

まぶたはほとんど落ちていて、横になったらすぐに夢の世界に旅立ちそうだ。

布団を敷いてやって、手を引いてそこに誘導する。小雪は大人しくそれに従ったのだが――。

「ほら、布団で寝ろ。俺は上に行くからな」

「むう……う」

そこで小雪がきゅっと眉をひそめた。

わがままを言う子供のようにかぶりを振って、直哉の袖を摑む。

「やだぁ……行っちゃやだめ」

「やっぱりこうなるかー……」

手の力は弱く、振り払うのは簡単だ。

だが、とうてい無理な話だった。読んだ展開そのままだし、覚悟はできていた。

「えっと、それじゃ……お邪魔します」

「はーい……」

小雪に布団をかけてやり、直哉もその隣へ横になる。

幸いにして、客用の布団は大きめだ。

ふたりで並んで入っても、互いの体がはみ出すことはない。

ただキングサイズのベッドのような余裕があるわけでもないので、どうしても体が触れる。

触れ合った場所から相手の体温が染《し》みこんで、湯冷めした体がぽかぽかした。

そのうえ小雪から漂うのは、よく知るシャンプーとボディソープの匂いだ。自分と同じ香りに包まれていることが、やたらとエロティックに感じられた。

直哉はもちろんドキドキしたし、小雪の心臓もうるさいほどに鼓動を刻む。

ただし、小雪は睡魔の方にかなり軍配が上がっていた。

布団と直哉の体温が心地いいのか、完全に目を閉じてしまっている。唇からはゆっくりしたテンポの吐息がこぼれ落ち、もう寝落ち秒読みだ。

そんな彼女の寝顔を覗き込み、直哉は苦笑するしかない。

(これで手を出しちゃいけないとか、俺は前世で何か大きな罪でも犯したのか……?)

ひょっとすると、世界を滅ぼした大魔王だったりして。それならこの拷問も納得だ。

そんな益体《やくたい》のないことを考えているうちに、直哉も睡魔に襲われはじめる。今日はいろいろあったので、疲れが溜《た》まっていた。

小雪がそばにいるから、ドキドキもするし、それと同じくらいに安心もする。

そしてそれは向こうも同じらしい。

静まり返った部屋の中で、小雪は吐息とともにかすれた声をこぼす。

それは眠気を言い訳にした素直な言葉で――。

「むにゃ……いつもありがとね、直哉くん……」

「いいって。もう寝ろよ」

「うん……やっぱり、直哉くんのそばなら……嵐だってへっちゃらね」

へにゃっと柔らかく笑って、直哉の鼻先をつんっとつつく。

「誕生日は楽しみにしてなさいよ……いつものぶん、お祝いしてあげるんだから……」

「ありがと、小雪」

「来年も、つぎのとしも、ずっと、ずーっと、お祝いするんだから……」

「うん……うん。俺もお祝いするよ」

そんなふうにとりとめのない会話を続け、ふたりは同じ布団で眠りに落ちた。

その日の夜は夢すら見ずにぐっすり寝られたのは言うまでもない。

◇

そして、その数日後。

「この前は……本当にすまなかった！」

「い、いやいや、頭を上げてください、お爺さん」

頭を深く下げるジェームズに、直哉は慌てふためくしかなかった。

先日、彼と初めて会った公園だ。話があると呼び出されて、会うなりこれだった。

ともかくベンチに案内して並んで腰掛ければ、ジェームズは項垂《うなだ》れながらもぽつぽつと言葉を紡ぐ。

「きみはわしが思っていた以上に真面目《まじめ》な少年じゃった。一晩小雪を預けたというのに、どこまでも紳士的に対応してくれたと聞くし……疑ってすまなかったな」

「は、はあ……」

直哉は引きつった笑みを浮かべるしかない。

小雪と同じ布団でぐっすり眠ったあと。

朝になって帰宅した法介と、迎えに来たジェームズが玄関先でばったりと出くわした。

法介は出迎えた直哉から事情を聞くまでもなく、にっこり笑ってこう言った。

『まあ、ギリギリセーフかと』

『ギリギリかー……』

手は出さなかったが、同じ布団で眠ったので文句は言えなかった。

むしろ温情判定だと思ったくらいだ。

ともかく法介の判定もあって、ジェームズも意地を張るのをやめて直哉のことを認めてくれたらしい。彼は顔を伏せ、ため息と供に絞り出す。

「本当は、最初から分かっていたんじゃ……きみと一緒にいるときの小雪は、本当に楽しそうで……きみにならあの子を任せられるだろうとな」

「お爺さん……」

そんなジェームズに、直哉は少し言葉に詰まった。

しばしふたりの間に沈黙が落ちる。今日は小学生たちの姿も見当たらず、公園には痛いほどの静寂が満ちていた。

やがて直哉は大きく息を吐いた。尋ねる覚悟を決めたのだ。

「実は、前から思ってたんですけど……お爺さんは、小雪たちに何か隠し事がありますよね？」

「……さすがは名探偵の息子じゃな」

ジェームズはふっと薄く微笑んでみせた。

灰色の空を見上げて、淡々と続ける。

「つい先日、病院で余命宣告を受けてな。もってあと一年らしい」

「……はあ」

直哉は静かにうなずいた。

許嫁の話が唐突に降ってわいたときから、そんな予感はしていたのだ。

少し言いたいこともあったが、ひとまず口をつぐんでおく。

ジェームズは少し目を伏せて震える声を絞りだす。

「わしももう年じゃ。覚悟はできておる。だが、せめて死ぬ前に……孫の花嫁姿を見ておきたかったんじゃ」

「だから許嫁にこだわったんですね」

「その通り」

残り時間が少ないと知ったジェームズは焦《あせ》りに焦った。

それが突然の許嫁騒動の発端だったのだ。

「だが、そのせいで小雪だけでなく、きみやアーサーにも迷惑をかけてしまった。本当に申し訳ないことをした。この通り、すまなかったな」

「いえ、謝らないでください」

ふたたび頭を下げるジェームズに、直哉はゆっくりとかぶりを振った。

巻き込まれてしまったのは確かだが、直哉としては何のダメージも負っていない。むしろ先日のお泊まり会などのいい思いばかりさせてもらっている。

だから、小さくしょげかえるジェームズの肩をぽんっと叩いた。

「お爺さんの事情は分かりました。そのうえで……少し言いたいことがあるんです」

「うむ……きみには迷惑をかけたからな。どんな言葉も受け入れよう」

「いえ、その……たいへん申し上げにくいんですけど」

直哉はしばし逡巡《しゅんじゅん》する。

言うか言うまいかを迷ったわけではない。適切な言葉を探したのだ。

だが、結局いいものが見つからなくて――どストレートに告げる。

「たぶんその余命診断……誤診だと思います」

「は……？」

ジェームズはきょとんと目を丸くした。

もちろん直哉に医学の心得はない。

ただの高校生にそんなスキルがあるはずないのだが……唯一、異様に察しがいい。

嘘《うそ》を見抜くのと同じように、重病を患う人を見分けることができるのだ。

そうした相手は死相と呼ぶべきものを顔に貼《は》り付けており、ひと目でそうと分かる。

これを言うとドン引きされたり、死神扱いされたりするのが分かっているので、滅多《めった》なことでひけらかすことはない。幼馴染《おさななじ》みの結衣や巽も知らないことだ。

よほど見過ごせない場合などは、それとなーく病院に行くことを勧めたりする。

（ま、親父に比べればまだまだだけどな……親父は見ただけで病名まで当てるし）

初対面で大病を見抜いて命を救った人物が世界中にゴロゴロいるらしい。

それはともかくとして、ジェームズのことを改めてじっと見つめる。

目には強い光が宿り、呼気も問題なし。

死相は一片たりとも見当たらなかった。

「お爺さんは健康そのものです。一年と言わず、十年後もお元気のはずですよ」

「………ふっ」

直哉の言葉に、ジェームズは静かに耳を傾けていた。

しかし不意にかすかな笑みを浮かべてみせてから、直哉の手をぎゅっと握る。

首をゆっくり横に振って声を絞り出す。

「きみは優しい少年だな。こんな年寄りにも優しい言葉をかけてくれるなんて」

「えっと、信じていただけないのは重々承知の上なんですが、本当のことで――」

「だが、国で最も大きな病院で診断されたんじゃ。これぱっかりはどうしようもない」

「だ、だから、俺の話を聞いてくださいってば……！」

ジェームズは悟りを開いたように微笑むばかりで、直哉の言葉を聞こうとしなかった。

とはいえ、それも当然のことだった。

（そりゃただの素人《しろうと》高校生より、医者の言うことを信じるよな⁉）

直哉だって同じ立場になったら、まず間違いなく耳を貸さなかったことだろう。

もどかしい思いに苛《さいな》まれる直哉の手を握ったまま、ジェームズはまっすぐな目を向けてくる。

「ありがとう、直哉くん。きみのような少年が小雪のフィアンセで、本当に良かった」

「あ、はい。光栄です」

「老い先短い老人の戯言《ざれごと》と聞き流してくれてもかまわない。だが、願わくば……」

ジェームズは直哉をじっと見据えて、熱い言葉を口にした。

「わしが生きているうちに、小雪を幸せにしてやってくれ。どうかこの通り、頼んだ」

「えーっと……」

直哉はもちろん言葉に詰まる。

このまま順当に交際が続けば、不幸な事故でもない限り彼の願いは叶うことだろう。

それをどうにかこうにか理解してもらおうと言葉を探すうちに、ジェームズの顔が青ざめていき——直哉は覚悟を決めた。魔王だの人の心がないだのと言われていても、それなりの良心は持ち合わせているので。

「はい、分かりました……」

「ありがとう……！　ありがとう、直哉くん！　小雪をよろしく頼む！」

わんわんと男泣きをするジェームズに抱きしめられて、直哉は遠い目をするしかなかった。

小雪祖父の完全攻略はこれで完了したものの——。

（今度は小雪を口説《くど》き落《お》とさなきゃいけないターンかあ……）

次なる課題が、直哉の肩に大きくのしかかった。

三章　朔夜の葛藤

波乱のお泊まり会から半月ほど経《た》ったころ。

ここ最近、小雪《こゆき》はなにやら用事があるようでひとりで直帰し、直哉《なおや》は結衣《ゆい》や巽《たつみ》らと行動を共にすることが多くなっていた。

そういうわけで、今日はひとりで駅前のファミレスを訪れていた。

手頃《てごろ》な値段ということもあり、店内は直哉のような学生で溢《あふ》れている。

いつぞや結衣と、ギャルに扮《ふん》した恵美佳《えみか》と一緒にお茶した場所だ。そんなテーブル席のひとつに案内されれば、可愛《かわい》い制服を身にまとったウェイトレスさんが注文を取りに来る。

「いらっしゃいませ。ご注文を……げっ」

ぎこちない営業スマイルが、その瞬間に苦虫を嚙《か》み潰《つぶ》したような顔になる。

直哉はそんな彼女に満面の笑みを向けた。

「やっほー。来たぞ、小雪」

「とうとう来たわね……身内襲来イベント」

「うん。待たせたな」

「全っっ然、待ってないから」

ぐっと親指を立ててみせれば、ますます小雪の顔が歪《ゆが》んだ。

きゅっと皺《しわ》の寄った眉根《まゆね》を押さえて、ため息をこぼす。

「なんで来たのよ、あなた」

「いや、そろそろバイトにも慣れたころだろうし、見学しようかと」

「たしかにちょっと仕事も覚えてきたところだけど……どうやってここが分かったのよ」

ずいっと顔を近付けて小雪は凄《すご》む。

バイトを始めたのが、お泊まり会の直後だ。

それから今まで、小雪は直哉にこのことをひた隠しにしていた。朔夜《さくや》にはもちろん口止めし、
放課後は即座にこのファミレスへと向かった。

直哉はにっこり笑って爽《さわ》やかに言う。

「あはは、そんな誤魔化《ごまか》しが俺《おれ》に通用するわけないだろ。なんなら面接に行く日にもう察してたし」

「ちっ……ほんっとやりにくいったらありゃしないわ」

小雪は舌打ちしつつも、ジロリと直哉を睨《にら》み付《つ》ける。

「言っとくけど、そういうのじゃないからね」

「そういうのって？」

「バイトを始めた動機に決まってるでしょ」

小雪は低い声でそう告げて、テーブルをばんっと叩《たた》く。

「来月の修学旅行資金のために始めたの。結衣ちゃんと恵美ちゃんと、たくさん思い出を作るにはお小遣《こづか》いが足りないのよ。だから、直哉くんの誕生日は一切《いっさい》関係ないわ」

「ふーーん。無関係なんだ」

「そう、当然でしょ。だーかーらー……」

そこで、小雪は直哉の胸《むな》ぐらをぐいっと摑《つか》んで引き寄せる。

至近距離で睨《にら》みを利《き》かせるその目は、言い訳できないほどに羞恥《しゅうち》の涙で潤んでいた。

「あなたはその、微笑《ほほえ》ましそうな笑顔をやめなさい！　違うって言ってるでしょ！」

「あはは、そっかー。違うのかー。そっかー」

そう怒鳴られても、直哉は満面の笑みのままだった。

あのお泊まり会で直哉の誕生日を知ってから、小雪はお祝いすることを固く決意したのだ。

だから苦手なはずの接客業でも勇気を出して飛び込んで、精一杯に頑張ってくれている。

それが手に取るように分かるから、頰《ほお》のゆるみが止まらなかった。

直哉はぽやぽやとした幸せオーラ全開で、小雪に笑いかける。

「ありがと、小雪。誕生日、楽しみにしてるよ」

「に、日本語が通じない……！」

小雪は顔を真っ赤《まか》にしながら、ぷるぷると震える。

照れくささと殺意が七対三くらいだった。

それでもごほんと咳払《せきばら》いをして、直哉のことをちらっと見やる。

「まあでも……日頃《ひごろ》よく仕えてくれているわけだし？　お給料が余ったら、あなたにも何か用意してあげないこともないわ。だから……その」

直哉の顔をのぞき込み、小雪は直球で尋ねる。

「何がほしいとか……リクエストはある？」

「いいや、特に」

直哉はかぶりを振る。

そうしてポケットから取り出したのは、いつぞや小雪からもらったハンカチだ。大事に使っているため、ほつれひとつない。両手で包み込み、にっこりと笑う。

「高価なものじゃなくたって、小雪にもらえるなら何だって嬉《うれ》しいよ。このハンカチみたいに宝物にするからさ」

「ほんっと、恥ずかしいセリフを真顔で言えちゃうんだから……」

小雪は真っ赤な顔で呆《あき》れつつも、ぶつぶつと小声でこぼす。

しかし、そうかと思えば大きくため息をこぼして肩を落としてみせた。

「まったくもう……直哉くんは直哉くんで相手をするのが大変だけど、お爺ちゃんもこれくらいストレートに話を聞いてくれたらいいのに」

「ああ。ジェームズさんの余命の件な」

あの寒空の下、直哉と語らった後。

ジェームズは白金《しろがね》家の全員を集め、余命のことを打ち明けた。

悲痛な告白に家族はみな言葉を失って、小雪は涙ぐんですらいた。

こうして白金家の家族会議はもの悲しい空気で終了し、ジェームズが部屋へと戻ったところで――直哉がこっそりと打ち明けたのだ。

『いやでも、たぶん誤診だぞ』

『は……？』

その瞬間、小雪の涙が引っ込んだ。

ハワードたちもひとまず信じてくれて、今はジェームズに対して家族総出でそれとなく検査のやり直しを求めている最中だ。

だがしかし、それはなかなか上手《うま》くいかないらしい。

「お爺ちゃんったら『そんな暇はない！　わしは事業の整理や孫との思い出を作るので忙しいんだ！』なんて言って、全然話を聞かないんだもの」

「まあ、急にそんなこと言われても困るよなあ」

ジェームズはすっかり覚悟を決めてしまっている。

それが間違いだと言われたところで、なかなか受け入れられないことだろう。

小雪はがっくりと項垂《うなだ》れる。

「ほんっと頑固者なんだから……悔しいけど血を感じるわ」

「まあまあ、そう深刻に考えるなよ。どうせ年内には誤診だって分かるはずだし」

「それは……どういう理由でそう思うわけ？」

「うーん、そうだなあ」

直哉はしばし悩んだ末、あっさりと告げる。

「勘かな」

「勘か……普通の人なら笑い飛ばすところなんだけど、直哉くんの勘だしね」

しみじみとうなずく小雪だった。

ジェームズもこれくらい理解があれば話も早かったのに。

とはいえ無い物ねだりをしても仕方ない。今大事なのはジェームズのケアだ。

「ひとまず誤診が判明するまでにも、お爺《じい》さんを安心させてあげないと。病は気からって言葉もあるし、他の病気になりかねないぞ」

「そうなのよね……覚悟を決めたとか言ってるけど、なんだかんだで落ち込んでるし」

来日してから半月ほどが経つものの、ジェームズはまだ小雪の家にいる。

可愛い孫のいるこの国を終《つい》の棲家《すみか》に決めたらしい。

孫との買い物に付き合ったり、直哉とお茶したり、家族で観光に出かけたり――穏やかに過ごしているものの、時折遠い目をしてため息をこぼすのだ。

そういう意味で小雪たちは大いに気を揉《も》んでいる。

直哉も息を吐き、頬をかく。

「俺もお爺さんのことは心配なんだ。俺にもよくしてくれるし、大事な小雪のお爺ちゃんだし」

「直哉くん……」

「そういうわけだからさ、小雪。お爺さんを安心させるためにも」

そっと小雪の手を握り、直哉はまっすぐその目を見据える。

続ける言葉は、渾身《こんしん》の口説《くど》き文句だ。

「小雪、俺と婚約してくれ！」

「なんでそうなるの⁉」

小雪はしばしフリーズしてから直哉の手をばしっと振りほどいた。

真っ赤な顔で距離を取ってぷるぷる震える始末。

そんな小雪に、直哉はあっさりと言う。

「だって、幸せにするってお爺さんと約束したし。でも今すぐ結婚するのは無理だろ？　お互いまだ学生だし、進路も決まってないし。だからせめて婚約かなーって」

「淡々と世迷《よま》い言をほざくんじゃないわよ！」

小雪は直哉の胸ぐらを摑んで、低い声で凄む。

「お爺ちゃんに言われたから、私と婚約したいですって……? バカも休み休み言いなさい。あなたはそんな大事なことを他人の意見で決めるわけ⁉」

「うん。小雪はそう言うと思った」

直哉が今しがた放ったのは紛《まぎ》れもないプロポーズだ。

そんな一世一代の大イベントの理由が『祖父のため』となれば、面白《おもしろ》くないに決まっている。

しかし——ジェームズの件は言い訳みたいなおまけに過ぎない。

直哉は頰をかいて苦笑する。

「ぶっちゃけると……お爺さんの件がなくても、そうしたいって思ってたところなんだよな」

「へ」

きょとんと目を丸くする小雪に、直哉は畳みかける。

「ちょっと恥ずかしい話になるんだけど……聞いてくれるか?」

「鋼メンタルの直哉くんが羞恥心《しゅうちしん》を覚えること……?」

興味が苛立《いらだ》ちを勝ったらしい。小雪の目がそこでキランと光を帯びる。

日夜小雪にドキドキしまくっているので直哉は鋼メンタルでもなんでもないのだが、実際のところそれ以外のことでは滅多《めった》に揺さぶられないので、その評価は割合正しい。

小雪はひとつ咳払いをして、どこかワクワクと尋ねてくる。

「いいでしょう。聞いてあげようじゃない。いったい何なの？」

「実はこの前、夢で小雪との新婚生活を見ちゃってさ」

「ほんとに恥ずかしかった⁉」

絶句する小雪に、直哉は先日見た夢の話をした。

あまりに浮かれた内容だったため、人にしゃべったのはこれが初めてだ。

小雪は卒倒しそうなほどに顔を赤くするが、直哉は語れたことですっきりした。

照れ笑いを浮かべつつ、小雪にまっすぐ言い放つ。

「それで、あれからもちょくちょくそんな夢を見てさ……おまけにこの前の一夜だろ？　そのせいで、今めちゃくちゃ小雪と結婚したいんだよ。それがプロポーズの理由だな」

「お、思ったより頭の悪い理由ね……そんなに良かったの？」

「うん。俺的には最初に見た『おかえり』って言ってキスしてもらうシチュエーションが最高にグッときててさ。それを現実でも味わうためなら、なんだってする所存なんだ」

「やる気を燃やさなくていいから！　なんて恥ずかしい夢を真顔で語るのよ……！」

「ちなみに、まだ夢に出てきたことはないけど小さい娘がいるっぽい」

「後から後からもう……！　それ以上はやめなさい！」

とうとう小雪は額を押さえてうめき声を上げる。

あまりの内容にキャパオーバーしてしまったらしい。

地の底から響くような重いため息をこぼしてから、直哉のことをジロリと睨む。

「あなたの気持ちはよーく分かったわ。でも、だからといってそんなの受け入れられるわけないでしょ。私たちはまだ学生なんだから」

「いやでも、どうせゆくゆく結婚って話になるんだし。今婚約したところで、将来的には何も変わらなくないか？」

「勝手に私の人生を決めるな！　今はまだお試し期間よ！」

ぴしゃっと全否定されてしまった。

小雪は心の底から辟易《へきえき》しつつ、仕事モードに切り替えて端末を取り出す。

「ともかくこの話はここまでよ。お爺ちゃんのことはパパがなんとかしてくれるから、これ以上言ったら怒るからね」

「ちぇー。まあでも、俺は諦《あきら》めないからな」

「はいはい。まったくもう、害虫並みにしぶといんだから」

顔の赤みが引かないままに、小雪はちっと舌打ちする。

先ほどプロポーズした彼氏に対する対応とは思えなかった。

（うーん……さすがにプロポーズＯＫは無理があるか）

告白ＯＫですら、かなりの手順を踏んだのだ。

婚約を認めさせるには、またそれと同じくらいか、もしくは特別なきっかけが必要になることだろう。

（ま、宣戦布告は済んだし。ひとまずそれでいいかな）

小雪の顔は赤いままで、意識しているのが明白だった。

最初の攻撃としてはまずまずの結果だろう。

そんなことを考えていると、小雪がまた鋭い目を向けてくる。

「何をニヤニヤしてるのよ。早く注文しなきゃ追い出すわよ」

「そうだな、とりあえず……ドリンクバーとチョコレートアイス」

直哉はメニューを開いて無難な品を注文する。

最後にデザートのページを指し示した。

「あとはこの、特盛りデラックスプリンアラモードパフェひとつ」

「えっ、直哉くんがそんなの頼むなんて珍しいわね」

「俺が食べるんじゃないからな」

そう言って、すっと指さすのは道路に面したガラス張りだ。

店の植え込みの陰に隠れ、ゴツいカメラを構えた朔夜がこちらを狙《ねら》っている。

「そこのカメラマンさんにご馳走しようかと」

「後から後から身内が来る……」

小雪は額を押さえつつ、端末にふたり分の注文を入力した。

キッチンに戻る小雪と入れ違いで、朔夜が入店し直哉のもとまでやってくる。

「こんにちは、お義兄様。邪魔しちゃってごめんなさい」

「いいって。イチャイチャはだいたい済んでたし。朔夜ちゃんも小雪のバイトを観察しに来たんだよな」

「もちろん。こんなの見逃すわけにはいかない」

それを見送って、朔夜はほうっと感慨深そうにため息をこぼす。

「ほんとにお姉ちゃんがバイトしてる。びっくり」

「うん。精一杯頑張ってるみたいだよ」

直哉もまた軽くうなずいた。

キッチンに一度は戻った小雪だが、また出てきて空いたテーブルを片付けていく。

手際よく皿をまとめて布巾で拭いて、備え付けのペーパーナプキンなどもきちんと元の場所に戻していった。

「あっ、店員さん。注文お願いしまーす！」

「は、はい！　ただいま参ります！」

他の客に呼ばれて、颯爽《さっそう》と駆け付けたりもする。

そんな働きぶりに、直哉も朔夜もほんわかと目を細めた。完全に授業参観の心地である。

「いいなあ……」

「うん。いい」

　ドリンクバーでそれぞれ飲み物を取ってきて、感想会の始まりだ。

　朔夜はコーラを一気飲みして、満足げに口元をぬぐう。

「これは何杯でもご飯が進む。ライスを頼んだ方がいいかもしれない」

「分かる……ただでさえ可愛い小雪が、可愛い制服を着て可愛く頑張ってるんだもんな……最高に目の保養だよ」

「静かに堪能しようね、お義兄様。他のお客さんの迷惑にならないように」

「ああ。写真を撮って等身大に印刷して部屋に飾りたいところだが……耐えるしかないな」

「オプション料金を払ったら写真撮影できないかな。裏メニューにあるかも」

「朔夜ちゃんは賢いな。俺の予想なら、このメニュー表のどこかに隠されて――」

「あるわけないでしょうが」

　だんっと、いくぶん乱暴にアイスとパフェが届けられた。

　銀のお盆を手にしたまま、小雪は冷たい目を向けてくる。

「ご注文の品は以上になります。食べたら即座に帰りなさいよね」

「甘いな、小雪。ドリンクバーを頼んだ学生は限界ギリギリまで居座る生き物なんだぞ」

「あとでパパたちもご飯を食べに来るって言ってたよ。だからサービスしてよね、お姉ちゃん」

「くそう……思ってたより辛《つら》いわね、身内襲来イベント」

小雪は片手で顔を覆《おお》ってげんなりしつつ、ふたたび仕事へと戻っていった。

そんな姉をじーっと見つめて、朔夜は小さくため息をこぼす。

「お姉ちゃんは本当に変わった。昔なら、こんなバイト絶対できなかったのに」

「まあ、かなり緊張してるみたいだけど」

人見知りの小雪にとって、接客業に飛び込むのはかなり勇気がいることだっただろう。

実際、接客する小雪の表情は、いつもに比べると少し硬い。だがしかし、それも許容範囲内だ。未知の世界に対するワクワクが、少しの恐怖を上書きしている。

「あの調子なら問題ないだろ。けっこう楽しんでるみたいだしな」

「それはよかった。無理してるんじゃないかと思って、心配してたの」

そう言って、朔夜はようやくスプーンを手にする。

巨大プリンを掬《すく》って口へと運ぶ様はひどく淡々としていて仏頂面のままだ。

それでもいつもに比べて食べるスピードが速かった。小雪の様子を見てホッとしたらしい。

直哉はにっこり笑いつつ自分のアイスに手を伸ばす。

「朔夜ちゃんは本当に小雪のことが好きだよな」

「当然」

朔夜は小さくうなずいてみせる。

「私の趣味は推しを見守ることだから。推しの心身が健やかであればあるほど潤うの」

「ストイックだよなあ。生粋のファンって感じだよ」

相槌《あいづち》を打ちつつ、小雪を視線で追う。

他の客にぎこちない笑顔を向けたり、同僚に話しかけられてあたふたしたり。

必死に頑張る小雪を見ていると、アイスを食べているというのに胸の中が温かくなった。

そのほんわかした気持ちのままで、朔夜に話を向ける。

「じゃあ、桐彦《きりひこ》さんはどうなんだ？」

「先生？」

名前が出たその瞬間、朔夜の眉間にしわが寄った。パフェを食べる手も止まってしまう。

そこに直哉はおかまいなしで追撃を加えた。

「このまえ言ってただろ、桐彦さんに対する気持ちは分からないって。推しを見守るのが朔夜ちゃんの趣味なら、あのひとも単なる推しってことでいいのか？」

「……どうなんだろう」

少し視線をさまよわせてから、朔夜はスプーンをテーブルに置いた。

膝《ひざ》の上で握った手をじっと見つめて、しばらく口を閉ざす。

直哉は続く言葉を静かに待った。

奇《く》しくも隣のテーブルでは女子高生らが恋バナで大盛り上がりしている。彼女らは照れたり笑い合ったり、青春を満喫してキラキラと輝いていた。

そんな喧噪《けんそう》も、直哉らにとってはどこか遠くの出来事のようだ。

朔夜はわずかに硬い面持ちで、小さく息を吸ってから口を開く。

「私の世界は、昔からお姉ちゃんが中心だった。なんでもできるのに、不器用で、間が悪くて、涙もろいお姉ちゃん。お姉ちゃんを見ているときが、一番楽しかった」

小雪がこの場に居合わせたら烈火のごとく怒りそうな台詞《せりふ》だ。

しかし、朔夜はほのかな微笑みを浮かべている。

姉のことが大好きで仕方ないという思いが、そこから如実《にょじつ》に読み取れた。

その表情がふっと陰る。

「でも、先生は……ちょっと違う。どこがどう違うのかは分からない。でも、お姉ちゃんに対する気持ちと、先生に対する気持ち。それが別物なのは……なんとなく分かるの」

朔夜は噛《か》みしめるようにして言葉を紡いだ。

言語化することによって、己《おのれ》の中から答えを見つけようとしているようだった。

これまでそういったことに縁がなかった彼女にとって、その行為は砂漠の中から一粒の宝石を探し出すにも等しく、難易度の高いことなのだろう。

朔夜は最終的に、ため息交じりに言い切った。

「この事象を恋と呼ぶのかは確信が持てない。やっぱり、今分かるのはそれだけ」

「そっか。それだけ聞けりゃ十分だよ」

直哉は鷹揚《おうよう》にうなずいた。

思っていた通りの回答だったので、特に感想もない。

朔夜はどこか恨みがましいようなジト目を向けてくる。

「お義兄様ならわざわざ私にしゃべらせなくても、私の気持ちが分かるんじゃないの？」

「もちろん。でも、こういうのは本人が自分の言葉にすることで見えてくるものもあるしさ」

「カウンセリングの真似事《まねごと》ってわけね。さすがは恋愛探偵。将来はそっちの道に進んだりするの？」

「どうだかなあ。人からはよく探偵とか警察とか勧められるけど」

直哉はうーんと唸《うな》って天井《てんじょう》を仰《あお》ぐ。

天井には大きなシーリングファンがくるくると回っていた。

その単調な動きを見ていると、人生について考えさせられた。

直哉も次の春には高校三年生。本格的に進路について考えなければならない時期だ。

自分の特殊能力を生かす場は多いと思うのだが——直哉は天井を見つめたまま、ぼんやりと語る。

「うちの親父《おやじ》の話なんだけどさ。あのひと、今の会社に入る前は探偵会社に就職してたらしいんだよ。でも、半月も保たなかったんだと」

「どうして？　おじ様なら無双できる分野なのに」

「依頼人から通報されまくったんだってさ。聞いてもいないことをバンバン言い当てたせいで真犯人だと誤解されたらしい」

「ああ、それなら納得。チート主人公は迫害されるものだから」

「降りかかった濡《ぬ》れ衣《ぎぬ》全部、ほんとの犯人を突き出して解決したらしいけど。だから専門職はやめたんだって。あまりに目立ちすぎるから」

法介《ほうすけ》がまっとうな会社員と呼べるかどうかはさておいて。

直哉も父の二の舞になる可能性が十二分にあった。

「だからまあ、そういう職業は俺もやめとこうとは思うんだけど……他は全然決まってないんだよなあ」

「そう。いい目標が見つかるといいね」

「ありがと、朔夜ちゃん。そう言う朔夜ちゃんは……うん？」

そこでふと口を閉ざし、直哉は視線をずらす。

ふたりのテーブルから見て右手奥。そこにはひとりの青年が座っていた。髪を金に染めていて、耳にはピアスがじゃらじゃら。わかりやすい輩《やから》である。

それがニヤニヤと下卑た笑みを浮かべながら、ウェイトレスのひとりに声を掛けていた。

「店員さん、可愛いねえ。よかったら連絡先とか教えてくれよ」

「えっ、その……困ります」

「そんな固いこと言わずにさあ」

ウェイトレスは青い顔でおどおどするばかりだ。

他の客たちは皆そちらに注視し、ハラハラと顔を見合わせている。

直哉らの隣のテーブルも先ほどまで恋バナで盛り上がっていたというのに、すっかり静かになって剣呑《けんのん》な目を向けていた。嫌な空気が店内に満ちる。

朔夜がそちらを見て、ちらっと直哉に目配せする。

「お義兄様。助けに行くの？」

「そうだなあ。大丈夫だと思うけど、一応やるか」

「大丈夫なの……？　ほんとうに？」

「だってほら」

かすかにハラハラする朔夜に、直哉はかるく向こうを指し示す。

迷惑客のいるテーブルへ、まっすぐすたすたと向かっていく人物がいた。

かっちりとした黒のスーツ姿の女性だ。パンツスーツで髪も短く、顔立ちは凛《りん》と整っている。

そのため、宝塚の男役と言っても通用するような見た目だ。

「お客様」

「ああ……？」

女性はハスキーな声で割り込んで、毅然《きぜん》とした表情で男を睨み付ける。

「うちのスタッフに過剰なお声がけはおやめくださいますか。それができないのであれば、即時ご退店ください。お代はけっこうですので」

「はあ？　客に向かってなんだ、その態度は」

男は顔をしかめて腰を浮かす。

まさに一触即発だ。見えない火花がふたりの間に散って、店内は汗ばむほどに熱せられる。

そこに、直哉は軽い調子で声を掛けた。女性がわずかに目を丸くする。

「なあなあ。そこの山本太一《やまもとたいち》さん？」

「ああ……？　なんで俺の名前を………ひぃっ⁉」

男が怪訝《けげん》な顔で振り返り、そのままぴしっと凍り付いた。

瞬《また》く間にその顔色は青ざめていき、安置所の死体と見まがうほどに生気が失《う》せる。

男はガクガクと震えながら、直哉に人差し指を向けた。

「お、おまえは……あのときの⁉」

「覚えてもらえたようで光栄だなあ。俺ってば地味なキャラクターだから、忘れられてないかと心配したよ」

直哉はにっこり微笑んで、男の肩をぽんっと叩く。

そのままぼそっと耳打ちすることには——。

「また煮え湯を飲まされたいみたいだな。このまえ懲《こ》りたんじゃなかったっけか？」

「っ……！　こ、こんな店二度と来るか！」

男は一万円札をテーブルに叩き付け、ほうほうの体で逃げていった。

店内は一瞬静まり返り、そのあとでまばらな拍手が巻き起こる。

あちこちからは「さすが笹原《ささはら》」だとか「あれが噂《うわさ》の……」やらの声が聞こえてきた。どうやら他校の生徒にも知れ渡りつつあるらしい。

ぽかんとしていたウェイトレスだが、すぐにぺこぺこと頭を下げた。

「あっ、ありがとうございます、お客様。助かりました」

「お気になさらず。あれくらい何でもないですから」

直哉は軽く手を挙げて、元のテーブルへと戻っていった。

出迎えた朔夜は、かすかに目を白黒させていた。呆気《あっけ》にとられたらしい。

「何、今の」

「前にちょっとした話し合いをしたことがあってさ。さすがに二回目ともなると反省するんじゃないかなあ」

「お義兄様は、この地域を統括する魔王か何か？」

そんな話をしているうちに、先ほどの女性が近付いてくる。

ウェイトレスのフォローを終えたらしい。

先ほどまでは凜然《りんぜん》とした表情だったのが、今ではすっかり和らいでいた。ささやかな笑みを浮かべて、直哉に頭を下げてみせる。

「ありがとう、笹原くん。おかげで事を荒立てずに済んだわ」

「いえ、梨沙《りさ》さんのお役に立てたなら嬉しいです」

「ふっ……相変わらずのようね」

女性はわずかに目を細めてから、ちらりと朔夜の方を見やる。

「あなたが巽くんたち以外と一緒にいるなんて珍しいわね。今日は連れの子の分もあわせてサービスさせてもらうわ。ごゆっくりどうぞ」

「それじゃ遠慮なく。ありがとうございます」

女性は伝票を持って、そのまま奥へと引っ込んでいった。

それを見送ってから朔夜は小首をかしげてみせる。

「お知り合いだったの？」

「ああうん。ここの店長の春川《はるかわ》梨沙さん」

直哉は事もなげに言う。

この後に続く言葉が、取り返しの付かない事態を招くと分かっていたが……もちろんあっさりと続けた。

「桐彦さんの元カノだよ」

「…………は？」

その瞬間、朔夜の手にしたコップにぴしっと細かなヒビが入った。

◇

バイト訪問は小さな事件こそあったものの、おおむね平和に終わった。

直哉が迷惑客を追い払ったことが店員中の噂になり、それが裏方仕事をしていた小雪の耳にも届いたらしい。すぐに席へとすっ飛んできた。

『いいこと、私のバイト先に迷惑をかけないで。これでも食べて大人しくしていなさい』

『わーい、立派なステーキだ』

どうやら同僚たちに彼氏が褒められて、嬉しくなったらしい。

退勤を待って家まで送ったが、その間ずっと小雪は上機嫌だった。

そして、それから数日後のこと。

小雪は商店街の一角にひっそりと立つ、茜屋《あかねや》古書店を訪れていた。

いつもの和室でちゃぶ台を囲み、店主の桐彦に正座で向かう。

「……そういうわけで、桐彦さんに相談に乗っていただきたいんです」

そう切り出す小雪の顔はまさに真剣そのものだ。

この世の存亡を賭《か》けた一大作戦かのように、重々しく続ける。

「もうすぐ直哉くんの誕生日なんですけど、何をプレゼントすればいいか分からないんです。桐彦さんだったら何が嬉しいですか？　参考までに聞かせてください」

「勉強熱心なのはいいことよ、小雪ちゃん」

桐彦は感心したようにうんうんとうなずく。

しかしすぐに頬に手を当てて、ため息をこぼした。

「その姿勢は褒めてあげたいんだけど……どうしてよりにもよって、その彼氏がいる場所で聞いちゃうわけ？」

「隠したって無駄だからです」

「仕方ないだろー、分かっちゃうんだから」

小雪に睨《にら》まれつつ、直哉は隣の台所で弁明する。

今日は直哉がバイトの日だ。

この家の家事全般を任されているため、掃除洗濯を終えて、今はおかずの作り置きに励んでいる。いつもは小雪も手伝ってくれるのだが、今日はアンケートが優先らしい。

小雪はむすっと拗ねながらそっぽを向く。

「結衣ちゃんたちにもこっそり聞いたのに、直哉くんったらその日のうちに『さすがは小雪。何事にも全力だなあ』なんてニヤニヤ言ってくるんですよ。みんなには口止めしたはずなのに、一発で見抜いちゃったんです」

「笹原くんも笹原くんで、なんでそんなこと言っちゃうのよ。黙ってたら分からないのに」

「だって、俺のために右往左往する小雪があまりに可愛かったから……つい」

「見て見ぬ振りをしなさいよ⁉　最低限、人としてのマナーでしょ⁉」

「これはこれで、一種のすれ違いなのかもしれないわね」

　桐彦は苦笑して、腕組みして悩む。

「もらえて嬉しいものねえ……何かしら。時間？」

「できたらお金で買えるものでお願いします……」

「お金で買えるもの……あっ、そろそろプリンターのインクが切れそうなのよ。あとは仕事用のパソコンかしら。最近起動が遅くなってきて、買い換えたいと思ってたところなの」

「誕生日プレゼントっていうより、事務用品って感じですね……」

　小雪は渋い顔をしつつも、一応メモを取っていく。真面目《まじめ》だ。

　メモには屋外用バスケットゴールだとか、マンガの全巻セットといったものが並んでいる。いろんな人間にアンケートを採った結果、リストはかなり雑然としたものになっていた。しかし、それでも小雪はぴんとくるプレゼントを見つけられずにいるようだ。

　悩み続ける小雪に、直哉はツッコミを入れる。

「だからこの前も言ったろ、小雪がくれるものなら何だって嬉しいって。話を聞いてなかったのかよ」

「もちろん聞いたわ。でもね、これは女の意地がかかった戦いなの」

小雪はメモをぱたんと閉じて、直哉に人差し指をびしっと向ける。

そうして言い放つのは正真正銘の宣戦布告だ。

「たまには私があなたの思考を完璧《かんぺき》に読んで、ドンピシャなプレゼントを贈ってみせるわ。いっつも読まれている分、仕返しするチャンスよ！」

「誕生日プレゼントで報復ってどういうコンセプトだよ」

直哉は大根を切りながら肩をすくめる。

とはいえ、これはこれで嬉しいものだった。直哉はしみじみと浮かれる。

「まあいいよ。それだけ悩んでくれてるってことはつまり、小雪の頭の中が全部俺で埋まってるってことだもんな。いやあ、愛されてるなあ、俺」

「きぃいいいい！　見てなさい、今に吠《ほ》え面《づら》かかせてやるんだから！」

「レベルの高い痴話喧嘩ねえ」

真っ赤な顔で怒声を上げる小雪に、桐彦はすっかり呆れ顔だ。

バカップルに付き合うのも疲れたらしく、ちゃぶ台に並ぶクッキーをかじる。

それでも聞かれたからにはしっかり答えるつもりのようで、もう一度悩み始めた。

「うーん……やっぱり欲しいものなんて急に言われても浮かばないわ。ねえ、朔夜ちゃんなら何がほし……朔夜ちゃん？」

「…………はい？」

話しかけられた朔夜が、ゆっくりと顔を上げる。

最初からずっと桐彦らと同じちゃぶ台を囲んでいたのだが、お茶やお菓子にまるで手を付けず、俯《うつむ》いたままでじっとしていた。

いつも物静かではあるものの、今日は完全な無だ。暗殺者なら相当のやり手である。

朔夜は少し目を瞬かせてから、淡々と言葉を紡ぐ。

「何かご用でしょうか、先生」

「用は用だけど……どうしたのよ、朔夜ちゃん。ぼーっとしちゃって。姉カップルの幸せぶりに食あたりでも起こした？」

「私たちのことを何だと思ってるんですか……」

気遣わしげな桐彦に、小雪がジト目を向ける。

しかし妹の異変の方が気がかりだったらしく、眉《まゆ》を寄せて顔を覗《のぞ》き込む。

「たしかに朔夜、このところ様子が変よね。私のバイト先に来てからずっと。何かあったの？」

「そう？　私はいつも通りだよ、お姉ちゃん」

「ほんとに……？　さっき私と直哉くん、何の話をしてたか分かる？」

「……ごめん。聞いてなかった」

「ほら！　いつもの朔夜ならニヤニヤしながら一字一句聞き漏《も》らさないようにするはずなの

に！」

小雪はぎょっとして、妹の頬や額をぺたぺた触って確かめる。

「朔夜、大丈夫？　あなた熱でもあるんじゃないの」

「平気。ちょっとぼーっとしてただけだから」

「ふうん、それじゃあ何か悩み事かしら」

「……っ」

桐彦の問いかけに、朔夜の表情がわずかに強張《こわば》った。

それを図星と見抜いたらしい。桐彦はにっこり笑って胸に手を当てる。

「もしよければ私が話を聞くわよ。彼氏の誕生日プレゼントは専門外だけど……それ以外なら何かアドバイスできるかもしれないわ」

「アドバイス……ですか」

「ええ。これでも私、年長者ですから。なんでも頼ってちょうだいな」

桐彦は明るくさっぱりと言ってのけるのだが、朔夜の顔はますます深刻になっていく。

それを横目で見守りつつ、直哉はこっそり笑う。

（あーあ、言っちゃったよ）

幸いかどうかは分からないが、台所でぼそっとつぶやいた独り言は誰《だれ》の耳にも届かなかった。

そしてちょうどそんな折、古書店の玄関扉がガラガラと開かれた。

「あっ、はーい。どうぞこっちです」

直哉が声を掛ければ、来客はまっすぐ住居スペースへとやってくる。

ふすまを開けて現れるのは、パンツスーツ姿の麗人だ。

「失礼しま……あら、白金さん？」

「店長⁉」

小雪ががたっと腰を浮かす。

バイト先の店長とこんな場所で遭遇すれば、そんな反応になるのも当然だろう。

目を丸くして、梨沙のことを凝視する。

「えっ、どうして店長がここに……？」

「それはこっちの台詞なんだけど」

梨沙は困ったように眉を寄せる。

しかし抱えた袋が邪魔だったようで、先にそちらを済ませることにしたらしい。ずいっと桐彦へ差し出して、ぶっきらぼう棒に言う。

「とりあえず先にこれ、注文された品。いつも通り、唐揚げ多めで作っておいたから」

「待ってたわー。お代はいつものカード払いでよろしく」

それを受け取って、桐彦はごそごそと袋を開く。

中から現れるのは円形のプラ容器だ。中には唐揚げやフライドポテト、ウィンナーに海老《えび》フライが詰まっている。そのままパーティに出せそうなオードブルである。

「たまにこういうジャンキーなものが食べたくなるのよね。朔夜ちゃんたちも一緒に夕飯どうかしら?」

「え、えっと……その」

話を振られた朔夜が、さっと目を逸らした。表情はかなり強張《こわば》っていて、額から小粒の汗がつーっと流れ落ちる。そんな朔夜に、梨沙は小首をかしげるのだ。

「あら、あなたは昨日直哉くんと一緒にいた……?」

「っ……!」

朔夜の肩が大きく跳ねる。離れていても、その大きな心音が聞こえる気がした。

「違いますよ、梨沙さん」

そこに、直哉は口を挟んだ。

朔夜のことも気になるが、誤解を解くのが最優先だ。小雪の頭をぽんぽんして示す。

「俺の彼女はこっち。そっちはこの子の妹です」

「ああ、なるほど。だから白金さん、昨日は大張り切りだったのね。彼氏が来てたからなんだ」

「そ、そういうのじゃありません!」

小雪はあたふたと慌てふためく。

照れ隠しか直哉の手をばしっと振り払い、顔を赤らめながら凄んでくる。

「ちょっと直哉くん。店長といったいどういう関係なのよ」

「桐彦さん繋《つな》がりで顔見知りなだけだって。小雪が心配するようなことは一切ないからご安心ください」

「ほんとにぃ……？　店長ってば美人だし、鼻の下伸ばしたこともあるんじゃないの」

「ないない。だってこのひと、桐彦さんの元カノだし」

「だからってメロメロにならない道理は……へ？」

小雪の吊り上《あ》がっ《っ》ていた目が、急に丸くなる。

しばし桐彦と梨沙を見比べてから、すっとんきょうな悲鳴を上げた。

「つ、つつつ……付き合ってたんですか⁉　ふたりが⁉」

「その反応、傷付くわねえ……」

「黒歴史を掘り起こさないでちょうだい、笹原くん」

桐彦も梨沙も、どちらも苦虫を嚙み潰したような顔をする。

息はぴったりだが、ふたりにとっては不本意らしい。

梨沙はため息交じりにぱたぱたと手を振る。

「付き合っていたのは学生時代の短い間だけだったし、何年も前に別れたわ。今じゃただの知人よ」

「小学校から大学まで一緒で知人止まりとか……ツンデレが過ぎないかしら、梨沙」

「そ、そうだったんですか。世間は狭いですね」

小雪は目を瞬かせつつも興味津々だ。

続行中のカップルは周囲に何組もいるが、別れたサンプルは初めて見るからだろう。

「別れても仲がいいなんてすごいです。ギクシャクしちゃいそうなのに……」

「まあ、別に嫌い合って別れたわけじゃないしね」

梨沙は肩をすくめて笑う。

そのついで、桐彦のことをジロリと睨むのだ。

「それより桐彦、たまにはうちの店に来なさい。毎日家にこもってたら、あっという間に老け込むわよ」

「分かってるわよぉ。あ、お茶でも飲んでいく？」

「出張のついでに寄っただけだから遠慮するわ」

「あんたも大変ねえ。ああ、そうそう。ハルカがまた三人で飲みたいそうよ。どうする？」

「なんで私に直接言わないのかしら、あのひと……仕事が落ち着いたらね」

桐彦と梨沙は何でもない雑談を繰り広げる。

内容自体はとりたてて重要度に欠けるものではあったが、ふたりが気の置けない仲だというのが誰の目にも明らかなやりとりだ。

「………」

それをじーっとうかがう朔夜の目は、たいへん暗く淀《よど》んでいた。

気付いたのは直哉くらいのものだろう。

「それじゃあ私は行くわ。白金さんは明日出勤よね、頑張ってね」

「は、はい。あっ、店長！」

背を向けかけた梨沙に、小雪は元気よく挙手をした。

真剣なまなざしで問いかけるのは、このところずっと悩み続けている命題だ。

「彼氏の誕生日をお祝いするとき、店長なら何をプレゼントしますか？」

「あなた、彼氏の前でそれを聞くの……？　まあ、理由は分かるけど」

直哉のことをちらっと見やり、梨沙は気の毒そうに眉を寄せた。

十年ほどの付き合いになるので、直哉がいかに特殊か理解しているからだろう。

しばし梨沙は悩んでから、ぴんっと人差し指を立てて言う。

「うーん、そうねえ。ベタだけど、手作りの品とか？」

「な、なるほど！　その手がありましたね……！」

小雪は爛々《らんらん》と目を輝かせてメモに書き込んでいく。

基本中の基本すぎて、これまで思い付かなかったらしい。

それがかなりお気に召したらしく、小雪はいたずらっぽい笑みを浮かべて直哉の顔を覗き込む。

「あなたにサプライズは効かないけど……私が手作りのプレゼントをこっそり作っているのを勝手に察して、そのシチュエーションにドキドキするはずよね。これはいい考えかもしれないわ」

「あはは、小雪も俺の扱いが上手《うま》くなってきたなあ」

「けっこうお似合いなのねえ……」

梨沙は不思議そうな顔で直哉たちを見やる。

しかし腕時計をちらっと見てから、手を軽く振って玄関を目指した。

「じゃあまたね、桐彦」

「はいはい。ありがとねえ」

それを桐彦はにこやかに見送った。来たときと同じ扉を開けるガラガラという音がして、すぐに足音は遠ざかっていく。

オードブルを袋に戻して、改めて朔夜に問いかける。

「ところで話は戻るけど、朔夜ちゃんの悩み事よ。どの程度深刻なわけ？」

「それは……」

朔夜はじっとりと汗ばんだ手を握りしめた。

膝を見つめて微動だにしないまま、血を吐くように声を絞り出す。

「……たった今、より深刻になりました」

「ど、どういうことなの……？」

目を瞬かせる桐彦は、自分が原因だとはまったく思いも寄らないようだった。

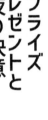

四章　サプライズプレゼントと朔夜の決意

桐彦《きりひこ》の家で集まった、数日後の放課後。

「よし、決戦の舞台はここよ！」

「はあ……」

直哉《なおや》は小雪《こゆき》に連れられて、とある場所を訪れていた。

いわゆる手芸屋という場所だ。

毛糸や布地といった手芸の素材から、お菓子作りの道具、大工道具や本格的なレザークラフト用具などが幅広く取《と》り揃《そろ》えられている。多くのマネキンが立ち並び、コスプレ衣装を着てポーズを取っていた。

店内は老若男女で賑《にぎ》わっており、みなプロの目で品物を吟味《ぎんみ》している。

ふたりとも、今日はバイトがなくてフリーである。

だからデート……というわけでもない。

小雪は直哉に向き直り、堂々と言ってのける。

「それじゃ、直哉くん。直哉くんの誕生日プレゼントにどんな手作り品がいいか、一緒に考えてちょうだい」

「俺《おれ》も考えるんだ……」

祝われる当事者なのに。

苦笑する直哉に、小雪はふんっと鼻を鳴らす。

「だって直哉くんに隠しごとをしたって無駄でしょ。なら、そもそもの希望を聞いた方が確実じゃない」

「それはそうかもしれないけど、情緒ってものがあるだろ」

「そういうのは私たちには無理」

小雪はぴしゃっと断言し、いたずらっぽく笑う。

「だから、かわりに私たちにしかできない思い出を作るのよ。サプライズ誕生日プレゼントを一緒に選ぶなんてこと、普通はしないし。これはこれで楽しいでしょ」

「おお、小雪も開き直ってきたなあ」

「そうでも考えないとやってられないのよ……」

相好を崩す直哉に反し、小雪は疲れたようにため息をこぼす。まだまだ悟りを開ききるまでは至らず、『サプライズとはいったい……？』という根本的な疑問が頭を離れないらしい。

「しかし手作りプレゼントなあ……」

直哉は改めて周囲を見回す。

今いるのはちょうど店の入り口あたりで、ビーズ手芸のキットが特集販売されていた。キラキラしたアクセサリー類は、女性なら心揺さぶられるものだと思う。だが、直哉はやっぱりピンとこない。


そもそもの問題として――手作りイヤリングのキットを手に取って、直哉は首をひねる。

「欲しい手作りプレゼントを選ぶって言っても、小雪が作れるものが少ないだろ。こういう細かい作業、苦手だし」

「れ、練習したらできるようになるし！　これでも秀才キャラなんだからね」

苦手なのは否定せず、ふんっとそっぽを向く小雪だった。事実、包丁を持つのも怖がっていたのが、今ではひとりでお味噌汁《みそしる》を作れるくらいには成長している。


しかし、小雪は苦い顔で続ける。

「何でも作れるとは思うけど……あんまり難易度の高いものはやめてよね。納期が近いから」

「彼氏の誕生日を納期って言うな」

たしかに差し迫ってはいるが、言い方ってものがあると思う。

小雪は興味津々とばかりにアクセサリーキットを手にして吟味する。

「キットを使うっていうのもありよね。この手のなら、そこそこの難易度でもお任せよ。なんせアドバイザーがいるもの」

「アドバイザーって……ひょっとして朔夜ちゃんか？」

「そう。こういうものなら朔夜の得意分野なのよ」

小雪は真剣にキットを吟味する。

直哉に贈るものを選んでいるというより、自分用を選んでいるらしい。あれこれ手にしながら、小雪は妹について続ける。

「あの子、かなり手先が器用なの。ケーキを作らせたらお店のと遜色《そんしょく》ないくらいの品ができるし、コスプレ衣装だって自作しちゃうんだから。朔夜に頼れば百人力よ！」

「さすがの多才さだなあ。あ、こっちのイヤリングは小雪に似合うんじゃないか？」

「あら可愛《かわい》い！　猫ちゃんね！」

完成予想図の黒猫に、小雪はすっかりメロメロだ。カゴにしっかりと商品を確保する。ひとつ放り込んで、ついでにもうひとつ。

「朔夜にもアドバイザー料に作ってあげるわ。あの子……最近元気がないみたいだし」

そう言って、ちらりと直哉の顔をうかがう。

「直哉くんも気付いてるはずでしょ。あの子、このところちょっと変だってこと」

「まあ、たしかに。小雪でも分かるんだ」

「私でも、って何よ私でもって。家でもぼーっとしてるんだから気付いて当然でしょ」

小雪が言うには、朔夜はここ数日心あらずといった様子らしい。

上の空で物思いに沈んでいて、いつもなら必ずご飯のおかわりをするのに半分以上残してしまう。小雪が珍しくゲームに誘っても断る始末だし、無理やりやらせるとなんと小雪に負けるらしい。

「いつもなら姑息《こそく》な手をたくさん使って、大差を付けて勝ったりするのに……！　重症よ、あの子。お爺ちゃんも心配するほどなんだから」

「死期を悟ったジェームズさんですら……」

ちなみにジェームズの余命問題は未《いま》だ解決していない。

そんな彼でも気を揉《も》むほどなのだから、鈍い小雪もさすがに気付いたらしい。

一方、直哉は特に狼狽《うろた》えることもない。理由は何もかも明確だったからだ。

(まあ、そうなるだろうなあ。桐彦さんと梨沙さんの仲良さそうなやり取りを間近で見ちゃったわけだし)

直哉にとっては、朔夜の今の心情を推し量ることは容易なものだ。

だが、当人のいない場でそれを口にすることはしない。

小雪は直哉の顔を覗《のぞ》き込み、じーっとジト目を向ける。

「その訳知り顔……全部知ってるってわけね」

「まあ、俺だし？　当然分かるだろ」

「でも言わないんだ。ってことは……朔夜のデリケートな悩みってわけね⁉」

「大当たり。小雪も俺が分かってきたなあ」

直哉にかかれば、どんな隠し事も無意味だ。それは人のプライバシーも例外ではなく――

だからこそ、自分の発言には細心の注意を払っている。

これは勝手に明らかにしていい問題ではない。

直哉の態度でそれを悟ったらしく、小雪はひとまず納得したようだ。あごに手を当てて、思案顔を作る。

「だったら私も深く詮索《せんさく》しないけど……深刻な問題じゃないわよね。誰《だれ》かから嫌がらせされてるとか、悪い友達と付き合ってるとか」

「そういう実害がある問題じゃないから安心してくれよ。それなら俺も話すしさ」

「そう？　ならいいけど……」

小雪は小さくうなずくも、不安を隠しきれないようだった。ため息混じりに言う。

「実は今日誘ったのも、アドバイスをもらいたかったのと、気晴らしになるかと思ったからなの。ここで待ち合わせしてるんだけど……」

人で賑わう店内をきょろきょろと見回して、小雪は不思議そうに首をひねる。

「いないわね……まだ来てないのかしら、あの子」

「いや、来てるぞ。ほら、あそこ」

「へ？」

直哉が指差したのは、コスプレ衣装の並ぶマネキンたちだ。メイド服や有名アニメのキャラクター……その中の一体を囲んで、通りかかった女性客らがきゃっきゃと盛り上がっていた。

「わっ、これって大月《おおつき》学園の制服じゃん。こういうのも作れるんだね！」

「あれ？　さっきこんなマネキンあったっけ？」

「……」

銀髪碧眼《へきがん》の美少女マネキンは微動だにせず、じっと虚空《こくう》を見つめていた。それに小雪がようやく気付き、ぎょっと悲鳴を上げる。

「朔夜《さくや》⁉　何でマネキンに化けてるわけ⁉」

「お姉ちゃん……？」

女性らが去った後、朔夜はこちらに顔を向ける。それは年代物の首振り扇風機のようなぎこちない動きで、今にもぷしゅーっと音を立てて止まりそうだった。

いつも気配が薄いが、今日はそれを通り越して生気も希薄《きはく》だった。

朔夜は姉の姿を認めて店内を見回してから、ゆっくりと首をかしげる。

「ここ、どこ……？」

「どこって、待ち合わせのお店でしょうよ……」

「……ああ、そういえば」

数秒遅れて、朔夜はうなずく。

完全に心ここにあらずだが、ゆっくりうんうんとうなずいた。

「たしか、クレアに頼んで連れてきてもらった気がする。明日お礼を言わなきゃ」

「あんた、本当に大丈夫……？」

小雪はおろおろと妹の額や頬《ほお》に触れる。

妹のあまりの異常事態に戸惑っているようだ。

直哉も少し心配になって、朔夜の顔を覗き込む。

「朔夜ちゃん、あんまり本調子じゃないなら帰ってくれていいんだぞ。無理しないでくれ」

「ううん。平気」

朔夜は首を横に振って断言する。

それに小雪は少しホッとしたようだったが――。

「そ、そうよね。私と直哉くんのデートを間近で観察できるなんて、朔夜にとってはまたとない機会ですもの。それを見逃すはずないわよね」

「うん。とっても楽しみ」

「……なんかいつもより食い付きが悪いけど？　ほんとに楽しみなの？」

「もちろん。それより早く見て回ろう、お姉ちゃん。じゃないと暗くなっちゃうよ」

「……」

小雪は真《ま》っ青《さお》な顔で絶句する。

姉カップルの出歯亀《でばがめ》をライフワークにしている妹が、デートに興味を示さないのだ。

まさに青天の霹靂《へきれき》。それで天地がひっくり返るような衝撃を受けたらしい。

真っ青な顔でぱんっと手を叩《たた》く。

「よし、とりあえず先にお茶しましょ！　私が奢《おご》ってあげるから！　何でも頼んでくれていいわよ、朔夜！」

「いいよ、別に。お腹《なか》も空《す》いてないし」

「嘘《うそ》でしょ⁉　大盛りパフェを食べた後でカツ丼大盛りを食べるような朔夜が、お腹が空いていないですって⁉　こ、この世の終わりなんじゃ……⁉」

「大丈夫か、小雪。気を確かに持て」

今にも泡を吹いて倒れそうな小雪を支え、直哉はこっそりため息をこぼす。

(これはプレゼントを選んでもらう場合じゃないなあ……)

かくして三人は手芸店をいったん後にして、近くの公園で休むことにした。

あたりには小さな子を連れたお母さんや、犬の散歩をするお年寄りなどがいて実に平和だ。

そんな一角のベンチに腰を落とし、朔夜はぼんやりと空を見上げていた。

「空……青い……」

流れる雲たちを見つめているものの、その目はほとんど焦点が合っていなかった。

完全に無我の境地である。ますます存在感が希薄となり、雀《すずめ》が頭の上に止まる始末だった。

少し離れた自販機から妹の様子をうかがって、小雪の顔はますます蒼白《そうはく》なものとなる。

「どうしましょう、直哉くん。まさかデートのお供でも元気にならないなんて思いもしなかったわ……」

「なあ、今日のデートって俺の誕生日プレゼントを選ぶためだよな？　そっちがついでになってないか？」

とはいえ、平常時の朔夜ならこれで確実に復活しただろう。

直哉は自販機に小銭を入れて、適当にボタンを押す。ガコンと出てくる三人分のジュースを拾ったところで、小雪は決意を固めたらしい。ぐっと拳《こぶし》を握って、力強くうなずく。

「よし。私……朔夜に聞いてみるわ。悩みがないか、って」

「おお、今回は積極的だな。夕菜《ゆうな》のときは躊躇《ちゅうちょ》したのに」

結衣《ゆい》の妹の夕菜。

彼女の悩みを聞いたときは、直哉に促されてのことだった。

それが今回は小雪が自分から誰かの悩みに寄り添おうとしているのだ。

直哉はじーんとして目を細める。

「やっぱり成長したなあ、小雪は」

「そういうのじゃないわ。だって、今回は大事な妹の一大事ですもの」

小雪はムッとしたように眉《まゆ》を寄せる。

「朔夜はひとりで何でもできるの。私とあの子はほら、日本人離れした見た目だから……昔は虐《いじ》められたりもしたのよ」

小雪の場合は、幼馴染《おさななじ》みの恵美佳《えみか》が守ってくれたりしたらしい。

その一方で朔夜はといえば――。

「朔夜はたったひとりでいじめっ子に立ち向かって、いつの間にか家来にしちゃったんだから。そのくらい強い子なの。そんなあの子が思い詰めるくらい悩んでいるのなら……力になるのが、お姉ちゃんってものでしょ」

「……そっか」

直哉はふんわりと笑う。

小雪の思いが伝わって胸が温かくなったのもあるが――他の感情もじわじわと湧《わ》き上がってくる。それがぽつりと口をついて出た。

「なんだか妬《や》けちゃうなあ」

「はあ？　どういう意味よ」

怪訝《けげん》そうな小雪に、直哉は素直な気持ちを打ち明ける。

「俺は小雪の彼氏だけど、兄弟にはなれないし。そういう絆《きずな》は唯一無二だろ。だから羨《うらや》ましいなあ、って」

「ふふん。そうでしょう、そうでしょう。私たちは仲良し姉妹《しまい》なんだから」

姉妹仲を誇るようにして小雪はふんぞり返る。羨まれて嬉《うれ》しいのと、『お姉ちゃん』ができて嬉しいのと、直哉にいいところが見せられて嬉しいのが重なって超絶ご機嫌だ。

それで戦意が最高潮まで高まった。

帰りを待つ妹をびしっと指差し、小雪は作戦開始を告げる。

「そういうわけで見ていなさい、直哉くん！　姉妹の絆ってやつを特等席で見せてあげちゃうんだから！」

「それは楽しみだなあ」

かくしてふたりは朔夜の元へと戻り、テーブルを囲んで話し合うこととなった。

小雪は優れた姉力を大いに発揮して妹の悩みを聞き出して、ビシバシと的確なアドバイスを贈――れなかった。

三人が腰を落ち着けて、数分後。

小雪はごくりと喉《のど》を鳴らし、何度目かも分からない同じ台詞《せりふ》で切り出した。

「えっと、その、朔夜……話があるんだけど」

「なあに、お姉ちゃん」

「その、ね……」

小雪はあちこちに視線をさまよわせ、言葉に詰まる。

こめかみには汗が滲《にじ》んでいるし、顔色は蒼白そのもの。

それでも壮絶な覚悟を決めて、小雪はとうとう決定的な言葉を絞り出す。

「……いい天気ね」

「そうだね」

ぽーっぽっぽーっ。

近くの鳩《はと》がのどかに鳴いて、姉妹の会話はそれっきりで終わった。

こんなぎこちないやり取りが、もう十回以上は繰り返されている。デートやお見合いだったらそろそろ試合終了の大惨事だ。

頃合《ころあ》いと判断し、直哉は小雪にそっと声を掛ける。

「小雪、必要なら手を貸そうか？」

「お、お願いしますぅ……」

小雪は直哉の袖《そで》をぎゅうっと握ってくる。座っているのに、足はガクガクと震えていた。緊張の糸が緩《ゆる》んだらしく、目にはじわじわと涙が浮かぶ。

「うううっ……思いの外ヘビーな悩みが飛び出したらどうしようって、怖くて怖くてぇ……」

「うんうん、小雪は頑張ったよ。えらいえらい」

ぐすぐすと鼻をすする小雪を宥《なだ》めてから、改めて直哉は朔夜に向き直る。

「朔夜ちゃん、見ての通りだ。小雪は朔夜ちゃんのことをとっても心配してるんだよ」

「……そう」

朔夜はゆっくりと顔を伏せ、小さくため息をこぼす。

「お姉ちゃんですら分かるほど、今の私は動揺しているのね」

「『お姉ちゃんですら』……？」

妹の物言いに小雪はムカっときたようだったが、気を取り直して表情筋を引き締める。

「心配してるのは本当よ。私に何ができるか分からないけど……困ったことがあるのなら相談してちょうだい」

「お姉ちゃん……」

「たったふたりの姉妹ですもの。遠慮はなしよ」

小雪はまっすぐな目で妹を見つめる。テーブル越しにその手をぎゅっと握れば、朔夜の瞳《ひとみ》がかすかに揺れた。

先ほどまでのどこか夢を見るような忘我状態から、ようやく目が覚めたといった様子だった。

朔夜はちらりと直哉の顔をうかがって、ゆっくりとかぶりを振る。

「そうね。うじうじ考えるよりも、お姉ちゃんに聞く方が参考になるかも」

「そ、そうなの？」

「まあ、小雪も立派な経験者だからなあ」

直哉は軽くうなずく。

それで朔夜は覚悟が決まったらしい。いつも以上の真顔で、重々しい声を絞り出す。

「改めて。お姉ちゃん、ひとつ聞かせてほしい」

「なにを……?」

小雪は気圧《けお》されるようにして喉を鳴らした。

姉妹の間に緊迫した空気が流れる。かくして、朔夜は決定的な質問を口にした。

「お義兄様に恋したって自覚したのは……いつ、どんなときだった?」

「……へ?」

小雪は目を瞬かせ、言葉を失う。

ぽっぽーぽっぽっぽー。

三人の間に沈黙が落ちて、鳩の鳴き声がしばし響き——。

「えええええええっ⁉」

小雪が勢いよく立ち上がった瞬間、驚いた鳩たちがばささっと飛び立った。

抜けた羽根がいくつも舞い落ちる中、小雪はわなわなしながら口を開く。

「まさか朔夜……す、好きな人が、できたの……⁉」

「それが、よく分からないの」

朔夜は首を横に振る。

わずかに眉を寄せつつも、ぽつりぽつりと言葉を紡ぐ。

「こんなこと初めてで、ただの推しなのか、恋愛的な意味で好きなのかが分からないの。それで、ずっと悩んではいたんだけど……」

朔夜は少しだけ口ごもってから、躊躇《ためら》いがちに続ける。

「そのひとが、女の人と話しているのを見て……すっごく嫌な気持ちになった」

ただでさえ分からない心の中が、それでさらにぐちゃぐちゃになった。

そしてその嫌な気持ちになったことで自己嫌悪も覚えて——ぐるぐる考えるうちに、朔夜はますます自分の心に決着を付けられなくなったのだという。

「だから、経験者であるお姉ちゃんにアドバイスをもらえたらと……お姉ちゃん？」

朔夜はふと小首をかしげる。

姉がぷるぷると震えたままで、ひと言も発しなかったからだろう。

おろおろする朔夜だが、すぐに小雪はガバッと顔を上げて——。

「私の妹がかわいすぎる！」

「はい？」

キラキラ輝く笑顔で、万感の思いを叫んだ。

ぽかんとする朔夜を放置して、小雪は直哉の肩を興奮気味に叩いてくる。

「直哉くんちょっと聞いた⁉　うちの朔夜が恋をしてるんですって！　おまけになんだか甘酸っぱくてキラキラした青春の悩みを抱えているのよ⁉　うちの妹が可愛いすぎて困っちゃうわ……！」

「あはは、よかったなあ。小雪」

「お姉ちゃん、やめて。まだ確定じゃないから」

ひとり盛り上がる姉へ、朔夜はジト目を向ける。

その頬は羞恥《しゅうち》のためかほんのりと赤かった。

いつもは朔夜が弄《いじ》る方だが、今日は形勢逆転らしい。

小雪は小雪で、予想したのとは真逆で平和な悩み事でホッとしたようだ。るんるんと鼻歌を奏《かな》でそうな幸せオーラ全開で、妹の恋路に探りを入れはじめる。

「それで相手は誰なの？　クラスの子？」

「……黙秘します」

さっと目を逸らす朔夜だった。さすがにそこまで打ち明ける勇気はないらしい。

小雪は残念そうに口を尖《とが》らせる。

「むう、残念。直哉くんはもちろん知ってるのよね」

「当たり前だろ。でも、ヒントは出せないからな。朔夜ちゃんが睨《にら》んでるから」

「絶対にやめてね、お義兄様。今後の長い付き合いに支障をきたしたくなければ」

「義理の妹に恨まれたくないんで、俺も口をつぐみます」

「ちぇー、ふたりで分かり合っちゃってさ」

恨みがましい目を向けつつ、小雪は腕を組んで考え込む。

「私も直哉くんくらいの洞察力を会得したら自分で気付けるのかしら」

「いやあ、小雪はちょっと鈍いくらいがちょうどいいぞ。じゃないと俺なんかと付き合ってられないからな」

「そんな気がする……私、今の鈍いままの私でいるわね」

げんなりしつつの憎まれ口だったが、完全に惚気《のろけ》だった。

「イチャつくのは後にして。相談に乗ってくれるんでしょ」

そのせいか、朔夜がふたりに鋭いジト目を向けてくる。

苛立《いらだ》ちを隠そうともせずに人差し指でテーブルを叩けば、その小柄な体から圧迫面接じみたプレッシャーが醸《かも》し出《だ》された。

眼鏡《めがね》の奥から眼光を強め、朔夜は鋭利な質問を投げかける。

「私は早くこの気持ちを判断したい。だから聞かせて、お姉ちゃん。お義兄様を好きだと気付いたのは、いつどのタイミング？　どういうきっかけで気付いたの？」

「うぐっ……あのね、朔夜。たしかにお姉ちゃん、力になりたいとは言ったけど……それって今ここで言わなきゃダメ？」

小雪は隣の直哉をあごで示し、気まずそうに言う。

「直哉くんがいる場所で打ち明ける話じゃないでしょうよ……」

「ああ、俺のことならどうぞおかまいなく。ふたりきりで話したところで、あとで勝手に内容を察するんだから同じことだぞ」

「私にプライバシーはないの……？　ないわね……うん」

しみじみと重いため息をこぼす小雪だった。

腹立ち紛《まぎ》れにふんっと鼻を鳴らし、足を組んで女王様然として妖艶《ようえん》に笑う。

「そもそも私、この人のことそんなに好きでもないし？　ただのキープっていうか、ていのいいオモチャっていうか――」

「そういう強がり、今はいいから。早く答えて」

「はい……ごめんなさい……」

朔夜の容赦ない目力《めぢから》に晒《さら》されて、小雪はしゅんっと小さくなってうなずいた。

逃げ場はないと諦《あきら》めた、そんな悲愴《ひそう》な横顔である。

それはともかくとして小雪は首をひねって記憶をたどる。

「うーん……でも、いつ好きだと気付いたか、か……うーん」

しばし首を左右に揺らし、ああでもない、こうでもない、とブツブツ。

それを朔夜はハラハラと見守った。

姉がズバッと指針を示してくれるはずだという期待が、その目にありありと浮かぶ。

しかしそれに反し、小雪が渋面で絞り出したのは、実に割り切らない回答だった。

「ちょっとよく分からないわね……」

「ええっ！」

それに、朔夜が珍しく声を張り上げた。

よほど意外な回答だったらしい。少し青ざめた顔で、ごくりと喉を鳴らす。

「で、でもお姉ちゃん、最初からお義兄様に押せ押せだったはずでしょ。それなのに、好きだって気付いたタイミングも分からないの？」

「だって、最初はなんとなくだったもの」

小雪は肩をすくめ、気恥ずかしさからか頰をかく。

ちらっと直哉を見やって続けることには――。

「なんとなく『このひとの側《そば》にいたいな』って思っただけだし。それでちょっかいを出しに行ったら……こんなのだったのよ」

「『こんなの』って言うな。今は彼氏なんだぞ」

げんなりする小雪に、直哉はツッコミを入れておく。

ナンパから救出された次の日、学校で話しかけて完膚《かんぷ》なきまでに撃破されたのを、未だに根に持っているらしい。直哉としては微笑《ほほえ》ましい思い出なのだが。

朔夜は信じられないものでも見るような目を姉へ向ける。

「そんな曖昧《あいまい》な気持ちで猛アタックしたの……？」

「だって、そのときは私がそうしたいって思ったんだもの」

小雪は開き直って答える。

「好きっていう気持ちは、元々そういう曖昧《あいまい》なものなんじゃないかしら。大事なのは気持ちに白黒付けることじゃなくって、自分がどうしたいかでしょ」

「どうしたいか……」

小雪の言葉を、朔夜は熱に浮かされたようにつぶやいた。

一度は落胆の色が浮かんだ瞳には、どこか冴《さ》えた光が宿りはじめる。

そこに、直哉もそっと言葉をかけた。

「朔夜ちゃんは、その人と何がしたいとかあるか？」

「……話がしたい」

朔夜は俯《うつむ》き加減でぽつりとこぼし、ささやかな望みを列挙する。

くだらないことで笑い合いたい。美味《おい》しいものも食べたいし……。

そこまで並べ立ててから、朔夜は小さく息を吐く。

そうしてゆっくりと顔を上げたとき、そこにはどこか晴れ晴れとした笑みが浮かんでいた。

「うん。でもやっぱり……一番の望みは側にいることかも」

「何よ、結局私と同じじゃない」

妹の出した結論に、小雪はくすりと笑う。

対照的な姉妹に見えて、根はよく似ているようだ。

（やっぱりいいなあ。兄弟とか姉妹って）

ひとりっ子の直哉にとってはまぶしい光景だ。

そんなふうに目を細めて見守っていると、小雪が直哉の方へいたずらっぽい目を向ける。

「ちなみに直哉くんはどうだったわけ？　私のことが好きって、いつごろ気付いたの？」

「俺？　俺も最初は曖昧だったかなあ。なんせ、小雪への好意がどんな種類のものなのか判断できずにいたし」

直哉はこれまで色恋沙汰を遠ざけて生きてきた。

そのため、始めて抱く恋心に戸惑ったのだ。

他人の心を読むのは得意でも、自分の心はそうもいかない。それを初めて知ることができた貴重な体験だった。

「まあでも、そのあとすぐに気付いたんだ。俺が小雪を大好きな気持ちは、間違いなく恋だってな」

「ふうん、そう」

小雪はそっけない相槌《あいづち》を打つ。

しかしその口元に浮かんだ照れくさそうな笑みは隠しきれなかった。

それに気付くこともなく、小雪は居丈高《いたけだか》に言ってのける。

「直哉くんってば単純ですものね。こんな完璧《かんぺき》美少女に言い寄られたらコロッと落ちて当然だわ。忠誠度によってはこのままキープしてあげなくもないから、心構えを怠らないことね」

「うんうん。もちろんだよ。一生かけて大事にするから覚悟してくれよなー、小雪？」

「え、ええ、覚悟は十分伝わったわ。ところで……」

小雪はわずかに顔を強張《こわば》らせ、そっと直哉から距離を取る。

「その広げた腕は何なのかしら」

「そろそろ日も暮れてきて寒いだろ？　だから忠義の印に温めてやろうかと思って」

「いいです！　結構です！　そういうサービスは求めてないから！」

「まあまあそう遠慮せず。ほーら、小雪。俺の胸に飛び込んでこーい」

「ひぃいいいいっ、来るなああああああ⁉」

じわじわと距離を詰めていくと、半泣きの全力で押し返された。

いつもの姉カップルのイチャイチャに、朔夜はほうっと吐息をこぼす。

「実家のような安心感。やっぱり推しカプの供給はいい」

「あっ、いつもの朔夜ちゃんに戻ったな」

「うん。推しを素直に味わう冷静さを取り戻せた。ありがとう、ふたりとも」

「どういたしましてっ‼」

小雪はヤケクソ気味にそう叫び、直哉の腕からするりと抜け出した。

ごほんと咳払《せきばら》いするものの、乱れた呼吸と真っ赤な顔はそのままだ。小雪は妹にびしっと言ってのける。

「まあとにかく！　朔夜もやりたいようにやりなさい。そのうちはっきり心が決まると思うしね。お姉ちゃんは応援するわよ！」

「うん。頑張ってみる」

朔夜はこくりと小さくうなずく。

表情筋はいつも通りに死んでいたが、その静かな面立ちはどこか晴れ晴れとしていた。自分の中で、ようやく方針が決まったらしい。

朔夜は軽く腰を上げ、先ほどの手芸屋を指し示す。

「それじゃ、そろそろ行こうか。お義兄様の誕生日プレゼントを、一緒に選んでほしいんでしょ？」

「そのとおり！　頼んだわよ、朔夜。とびっきりのサプライズプレゼントを用意して、直哉くんの鼻を明かしてみせるんだから！」

「サプライズって言葉の意味が分からなくなるなあ……」

直哉は苦笑しつつ、仲良し姉妹の後を追った。

その後は予定通りに小雪の買い物に付き合った。

あれこれ見て回った結果、小雪はいくつかの品物を購入。そうして――。

「見てなさい！　これで最高のプレゼントを作ってあげちゃうわ。せいぜい感涙にむせいで頭を垂れる練習でもしておくことね！　おーっほっほっほ！」

とかなんとか宣言して、高笑いを上げていた。

完全な死亡フラグだと思ったが、直哉は微笑むだけでツッコミを入れなかった。もちろん朔夜も同様で微笑ましそうに見守っていた。

そして、それから二週間後。

誕生日当日、直哉は小雪のバイト先を訪れていた。小雪は朝からバイトで、ランチタイムが終わってしばらくした後が退勤時間だった。

客足も落ち着いて、店内にはゆったりした空気が流れている。

席に通されてしばらくすると、私服に着替えた小雪がやって来た。

「おつかれ、小雪」

「……ええ」

正面に座る小雪の面持ちはかなり暗い。

憔悴《しょうすい》していると言っても過言でないやつれっぷりだ。

アルバイトがそれほど過酷だった——というわけでもないことを、直哉はしっかり見抜いていた。見抜いた上で黙っていると、小雪が耐えかねたように切り出す。

「あの、今日はあなたの誕生日じゃない……?」

「うん。そうだな」

今日はここで待ち合わせをして、誕生日プレゼントをもらってデートに出かける約束だ。

付き合って初めて迎える誕生日。

言うまでもないが、特別な日である。

それなのに、小雪の顔色は深刻なものになっていた。完全に血の気の失《う》せた手でわなわなと顔を覆《おお》い、震える声を絞り出す。

「誕生日……一ヶ月後ってことにできないかしら」

「無茶を言うな、無茶を」

可愛い彼女のワガママにも、限度というものがある。

直哉がきっぱりノーを突きつけると、小雪はわっとテーブルに突っ伏して泣き言を叫んだ。

「そもそもが無茶な話だったのよ！　こんなの作るの初めてだし、気付いたらもう当日なんだもん！　あまりにも時間が足りなさすぎる……！」

「納期が近いのは元々分かってたはずだろ」

「納期って言うな！　そんな作業的なやつじゃなくって、彼女の手作りプレゼントなのよ⁉」

「こないだ小雪が言ったんだぞー。とりあえず甘いものでも食べて落ち着け」

八つ当たり気味に噛《か》み付く小雪を、さらっといなす。

そのついで、アイスクリームを注文しておいた。

届くころには小雪も落ち着いて、秋限定焼き芋アイスをちびちびと口へと運びはじめる。

それでも表情は浮かないままだ。地の底から響くような声で、恨み言をこぼす。

「今日が来るまでに分かってたはずでしょ……私が満足いく完成品を用意できないことくらい」

「まあそりゃ、毎日あれだけ思い詰めていたらな」

あの手芸屋で買い物してから、小雪は毎日作業に励んだ。

そして日に日にその顔が険しくなっていったのだ。直哉でなくとも進捗が芳《かんば》しくないのだろうと察しが付くような有様《ありさま》だった。

「なんせ、締め切り前の桐彦さんとまったく同じ死相が浮かんでたし」

「ううう……やっぱり察されてるし」

アイスを平らげて、小雪はがっくり項垂《うなだ》れる。

テーブルに顔を伏せたまま、ぽつぽつとこぼす。

「でも、そういうわけなのよ……大見得《おおみえ》切った手前、こう言うのはとっても申し訳ないんだけど……できたら来月まで待ってもらえると嬉しいの。ダメ……？」

「うん。ダメ。待ちたくない」

直哉はにっこりと断言する。

別に完成を大人しく待つことくらいは何でもない。

だがしかし、この場合はまったく話は変わってくる。

「ちゃんとプレゼント自体は出来上がってるんだろ。だったら俺はそれがほしい」

「うぐううう……」

小雪はねじり絞られるヒキガエルのような声を上げる。

そうして覚悟を決めるようにして、カバンからラッピングした品を取り出した。包装紙もリボンも、先日の手芸屋で買い求めていたものだ。

それを胸にぎゅうっと抱きしめ、小雪はなおも苦しげに声を絞り出す。

「一応できた、けど……不恰好《ぶかっこう》だし、編み間違えたところも多いし、段もガタガタだし……」

そこでそっと上目遣《うわめづか》いにうかがって、不安げにこぼす。

「正直言って失敗作、なんだけど……それでも欲しいの？」

「欲しい。小雪が一生懸命作ってくれたプレゼントなんだろ」

「……プレゼントって言えるような品じゃないわよ」

「それなら、また来年も作ってくれよ」

拗《す》ねたような小雪の手を、直哉はそっと握る。

出来映えなんてどうでもいい、なんて言うと小雪は怒るかもしれないが……直哉のために心を込めて作ってくれた品だ。どんな高価な品にも勝るプレゼントなのは間違いない。

一生懸命作る姿を間近で見てきたこともあって、胸が一杯になりそうだった。

「また来年も作ってくれたら、小雪も満足いく出来になるかもしれないだろ。だから、それまでそっちを大事にするよ」

「……………分かったわ。ん」

小雪は顔を背《そむ》けながら、ぶっきら棒に包みを差し出した。

直哉がこう言うと、最初から予想していたらしい。抵抗はわずかで、素直だった。

ともかくありがたく受け取って包みを開けると、思っていた通りの品が現れる。シンプルなグレーのマフラーで、小雪が告白したように所々不恰好ではある。

だがしかし丁寧に編まれているし、毛糸もふわふわで温かそうだ。

それを翳《かざ》して、直哉は歓声を上げる。

「いいマフラーじゃん！　ありがとう、小雪。すっごく気に入ったよ」

「ううう……っ！　見てなさい！　来年までには上達して、お店に売ってるのと遜色《そんしょく》ないものを用意してやるんだからね！」

小雪は顔を真っ赤にして、直哉の鼻先に人差し指を突きつける。

真っ向からの宣戦布告ではあるものの、照れ隠しなのがあからさまだった。

マフラーを試しに巻いてみれば、心地のよい温かさが首元から全身に広がる。おかげで直哉の顔は、ますますだらしなく緩んでしまった。

「それなら来年も楽しみにしてるよ。人生最高の誕生日がまた更新されちゃうな」

「くっそう……嬉しそうな顔しちゃってもぅ……」

小雪はますます真っ赤になって、顔を伏せてぶつぶつ言う。

直哉がどこまでも本気なのが嫌というほど分かって、居た堪《たま》れないらしい。

「手作りプレゼントってのが、こんなに嬉しいものだとは思わなかったな。俺にサプライズは通用しないけど、その分この二週間ずーっと小雪の頭の中が、俺の誕生日で埋め尽くされるのが分かったし……」

それこそ四六時中、小雪はマフラーのことについて考えてくれていた。

直哉の目の前で作業することはなかったが、空いた時間で編み物の本を読んだり、動画を見たりと研究に余念がなかった。

そんな努力を間近で見ていたから、巻いたマフラーのぬくもりがより一層尊く感じられるのかもしれない。

マフラーの手触りを堪能しながら、直哉は真顔で感想を告げる。

「前準備込みで、めちゃくちゃ興奮した。よかったらまたサプライズしてくれ」

「そういうところが、結衣ちゃんたちに『特殊プレイだ』って言われるのよ」

小雪は額を押さえてげんなりとうめく。

わりと本気で困り果てているようだが、内心では『次はクッキー……とか？』と計画を立てているのは明白だった。

そんな小雪に目を細めつつ、直哉は後ろのテーブルを振り返る。

「朔夜ちゃんも満足か？」

「うん。たいへん良質な供給でした」

「うわっ⁉　いたの⁉」

衝立《ついたて》越しに顔を覗《のぞ》かせた朔夜に、小雪はのけぞらん勢いで驚いた。やはり存在に気付いていなかったらしい。

バクバクうるさい心臓を宥《なだ》めながら、妹のことを凝視する。

「あんた、いつからそこにいたのよ……」

「ちょっと前から。ブツの受け渡し場所は分かってたし、張り込みしてたの」

「言い草！　っていうか直哉くん、なんでバラしたのよ⁉」

「バラしてないっての。小雪がカレンダーに書いたからだろ」

白金《しろがね》家のリビングには、家族が予定を書き込むカレンダーがある。朔夜にとって、観察対象の行動をチェックできるまたとないアイテムになっているのだ。

隠密《おんみつ》がバレたので、朔夜は小雪の隣に席を移した。

特大プリンアラモードも一緒だ。猛スピードで食べ進める朔夜に、小雪は呆《あき》れたように目を丸くする。

「すっかり元通りねえ……ちょっと前まであんなに上の空だったのに」

「私は切り替えが早い女だから」

朔夜は口の端をほんのわずかに持ち上げて、クールな笑みを浮かべてみせる。

スプーンを指揮棒のように振って、淡々と続けた。

「やるべきことは見えた。だったらその目標に向けて一直線に進むだけ」

「へえ?」

そんな彼女の態度に、直哉は軽く目をみはる。

「それじゃ朔夜ちゃんは心を決めたんだな」

「うん。そのための準備も万端」

「えっ、何々? さてはこの前言ってた話に進展が——」

小雪が興味津々とばかりに目を輝かせた、そのときだ。

「あら、笹原《ささはら》くんたちも一緒なの?」

すぐそばからハスキーな声が降りかかった。

三人揃ってそちらを見れば、桐彦が立っている。近所だからか私服はラフなもので、髪も簡単にまとめただけだ。そんな彼へ、小雪は軽く会釈《えしゃく》してみせる。

「こんにちは、桐彦さん。ひょっとして店長にご用ですか? 奥にいるから呼んで来ますよ」

「違うわよ、梨沙《りさ》じゃなくて朔夜ちゃんに呼ばれたの」

「朔夜に?」

「そう。私が来てくれるように頼んだ」

朔夜は淡々とうなずいてみせた。

そのまま桐彦も同席する流れになって、彼は直哉の隣に座る。

図らずも合コンめいた席順だ。すべてを知る直哉は展開を見守るだけだが、小雪は不思議な会合にきょとんと目を丸くしている。

そうするうちに、飲み物を頼んだ桐彦が改まって切り出した。

「それで話ってなあに？　っていうか、話ならうちに来てくれても良かったんだけど」

「今日は決意表明をしようと思って。それならそれに相応《ふさわ》しい場というものがあるのです」

「決意表明？　何の？」

「決まっています」

朔夜はぐっと気合いを入れて、簡潔に切り出した。

「先生。私は先生のことが好きです。だから、これから先生にぐいぐいいこうと思います」

「は……？」

桐彦は目を白黒させる。

言葉の意味がぱっと理解できなかったらしい。しかしここしばらくのやり取りが彼の脳裏《のうり》をよぎり――意図を察して裏返った声を上げる。

「はい⁉」

「つきましてはこちら、意思表明の品です」

朔夜はどこからともなく綺麗《きれい》にラッピングされた包みを取り出す。

包装紙もリボンも、先日小雪と一緒に買い求めたものだ。

桐彦はそれをおずおずと受け取り、こわごわと開く。

「お姉ちゃんが作っていたので倣《なら》ってみました。手編みのマフラーです。この手のアプローチの定番ですが、どうぞお納めください」

「たしかに定番かもだけど！　初手から全力投球過ぎないかしらね……!?」

濃紺色のマフラーは、小雪のものと違って段に乱れはないし、既製品のような出来映えだ。

だからこそその本気度がかなり伝わって、桐彦はひゅっと小さく喉を鳴らした。

マフラーを折りたたみ、渋面《じゅうめん》でかぶりを振って朔夜に向き直る。

「前にも言ったと思うんだけどね、朔夜ちゃん。それは手近な大人に対する憧《あこが》れなの。けっしてあなたが想定しているような好意なんかじゃないのよ」

「そうかもしれません」

朔夜はおとなしく首肯《しゅこう》するものの、目に宿った戦意はわずかにも揺らがなかった。

相手の目を見つめながら、淡々と続ける。

「私はこれまでずっと、お姉ちゃんを見ているのが好きでした。それが今は先生を見ているのも好きになって……でも、先生とお姉ちゃんの場合だと、決定的な違いがあったんです」

「決定的な、違い……？」

「お姉ちゃんは見ているだけでもいい。でも、先生の場合は……隣にいたい」

朔夜の声は平板そのもの。

そこには一切《いっさい》の起伏が存在せず、だからこその凄《すご》みがあった。

「最近思い知ったんです。先生は大人だから、私の知らない交友関係があって、私の知らない誰かをそばに置くかもしれない。そんなのは嫌だって……そう思いました」

朔夜は業務連絡でもするような軽さで宣戦布告を突きつける。

「だから、今全力でぶつかります。あとで悔やんだりしたくないから」

「ぐうう……」

桐彦は喉の奥からうめき声を漏《も》らすだけだった。

こうも真っ向から勝負に出られると、のらりくらりとかわす余裕はないらしい。

赤らんだ顔を片手で隠しつつ、ぽつぽつと逃げの手を探る。

「いやでも申し訳ないんだけど……正直、朔夜ちゃんのことは子供としか見れないわ。お望みの展開にはならないと思うわよ」

「問題ありません。何年かけてでも、それを変えてみせます」

「つ、強い……」

朔夜は頑《がん》として意志を曲げなかった。

しばしの睨み合《あ》いの末——桐彦がため息交じりにかぶりを振る。

「そこまで言われちゃ、腹をくくるしかなさそうね」

「それじゃあ……」

「ええ。もう子供扱いはしないわ」

桐彦はまっすぐ朔夜を見つめ返し、真っ向からその気持ちを受け止める。

「落とせるもんなら落としてみなさい。受けて立つわ」

「……はい。よろしくお願いいたします」

朔夜はそれにぺこりと頭を下げて返してみせた。

ふたりの関係には何の進展もなく、ただ互いの意志をきちんと伝え合っただけ。

それでも朔夜は晴れ晴れとしたような表情を浮かべていた。踏み出した一歩は小さくても、彼女にしてみればとても大事な一歩だったのだ。

（頑張ったなあ、朔夜ちゃん）

それを見守った直哉も、ほんのり胸が温かくなる。

そして、隣の小雪もまたごくりと喉を鳴らすのだ。

「朔夜……あなた、まさか」

小雪がおずおずと口を開く。

妹と桐彦の顔を見比べて、意外そうに言うことには――。

「桐彦さんのアシスタントの座を、そこまで真剣に狙《ねら》っていたの？」

『はい⁉』

朔夜と桐彦が、同時に小雪を凝視した。ふたりとも完全に言葉を失っている。

そこに、直哉はあらかじめ用意しておいたメニュー表を差し出すのだ。

「小雪。アイスのおかわりいるだろ？　奢《おご》るからもう一個食べろよ」

「えっ、いいの？　でも、なんで……？」

小雪はきょとんと目を丸くしながらも、イチゴアイスを注文する。

そのため、取り返しの付かない空気は少しばかり緩和された。

届いたアイスをぱくつきながら、小雪はニコニコと上機嫌に笑う。

「まあでも、桐彦さんのところならバイト先として申し分ないわよね。直哉くんの親戚だし、いいお姉さんって感じだし。安心して可愛い妹を任せられるわ」

「ああ、私のことはそういう認識なのね……」

「それにしたってお姉ちゃんさあ……」

「えっ、何なのふたりとも、その顔は」

ふたりから信じられないものを見るような目を向けられて、小雪はきょとんとするばかり。

それに直哉は満面の笑みを向けるのだ。

「やっぱり俺たち相性《あいしょう》抜群だよなー。察しよすぎと鈍すぎでさ」

「はあ？　どういう意味よ」

小雪はムッとしたように眉を寄せる。

しかし、その視線がすぐに店の奥へと注《そそ》がれた。片手を挙げて声を掛ける。

「あっ、店長！　桐彦さんがいらしてますよ！」

「っ……！」

それに朔夜がぴくりと反応した。

みなが見守る中、梨沙はつかつかと席にやって来て桐彦に目をすがめる。

「なんだ。来てたの、桐彦」

「ま、まあ、そんなとこね」

桐彦は視線をさまよわせつつ、おどおどと言う。

朔夜の気持ちに向き合う覚悟を決めたはいいが、女子高生と逢《あ》い引きしているところを知り合いに押さえられるのは気まずいらしい。

そんなやり取りを、朔夜はじーっと見つめていた。

先日は梨沙を前にしてフリーズしていたものの、今日は違う。

「あの、店長さん」

「うん？　白金さんの妹さんよね、何かしら」

軽い調子で応《こた》える梨沙。

そんな彼女に、朔夜はいっそ堂々と告げる。

「私、負けませんから」

「……はい？」

梨沙は目を丸くするばかり。

しばし考え込むものの、やはり発言の意図が読めなかったらしい。

頬に右手を当てて、小首をかしげる。

「何の話……？　私、白金さんの妹さんに何かしたかしら」

「あっ、あー……。だからか。だから急にそんな思い立っちゃったわけなのね……？」

理解した桐彦は頭を抱えるばかり。

そこで小雪が、梨沙の右手に光るものにハッと気付いた。

「あ！　店長それ、この前おっしゃってたブレスレットですね？」

「ええ、そんなところね。似合うかしら」

小粒の宝石があしらわれたそれを、梨沙は照れくさそうに掲げてみせる。

「はい！　とってもお似合いです！」

小雪はキラキラとした笑顔でうなずいた。

その目に浮かぶのは素直な憧れの気持ちだ。うっとりするようにして続けることには――。

「いいなあ、店長は。旦那さんとラブラブで」

「……へ？」

それに、朔夜がぴしっと凍り付いた。

桐彦が渋面のままで補足する。

「彼女、既婚者なのよ。旦那も私の同級生だから、三人合わせて顔なじみでね。このまえ一緒に飲もうって話で出た、ハルカってやつよ」

「梨沙さん、仕事中は指輪をしない主義なんだよ」

「えーっと……？」

直哉もそれに付け加えると、朔夜はこめかみを押さえてしばし沈思する。

やや強張った面持ちをそっと上げ、梨沙を見つめて小声で問いかけた。

「それじゃあ……店長さんが、先生と復縁する可能性はないんですか？」

「はあ？　笑えない冗談はよしてちょうだい」

梨沙は思いっきり顔をしかめてみせる。

直哉でなくとも分かるほど、心の底からの辟易《へきえき》とした思いがにじみ出ていた。

桐彦のことを睨み付け、肩をすくめて言う。

「グロスの色にいちいちケチを付けてきて、私よりネイルの上手《うま》い男なんてこっちから願い下げよ。世の中の男がすべて死滅したって、こいつだけは選ばないわ」

「だからって三日でフる？　さすがの私もあれは落ち込んだんだけど」

「付き合ったのだってノリと勢いだったでしょ。終わりも軽くてちょうどいいじゃない」

そういうわけで、元カノというよりは幼馴染みに近い。

ふたりのやり取りもあっさりしていて、男女の枠を越えた友情がそこにあった。

朔夜はそれをじーっと観察してから、首をゆっくり直哉へ向ける。

「店長さんを元カノだって教えてくれたの……たしかお義兄様だよね？」

「うん。そうだな」

「ひょっとして……私を焚《た》き付けるために？」

「あはは、ごめんごめん。ちょうどいい機会かと思ったからさ」

直哉は悪びれもせず、にっこり笑うだけだ。朔夜は目を丸くして絶句する。

とはいえ、ここまで上手《うま》く運ぶとは思わなかった。

話の全貌《ぜんぼう》がいまだ見通せない小雪は、頬をぽっと赤らめて嬉しそうに言う。

「店長は旦那さんとラブラブなんだから。ほとんど毎日、仕事終わりは待ち合わせて帰るのよ。このまえなんか腕を組んで――」

「ちょっ、こら！　白金さん！　そういうことをむやみに言い触らさないの！」

「そっか……そっかー……」

慌てる梨沙に、朔夜は何かを噛みしめる。

切り替えは異様に早かった。キリッと居住まいを正し、改めて桐彦に頭を下げる。

「何はともあれ、こうなった以上よろしくお願いします。先生？」

「はあ……よ、よろしくね」

動いてしまった事態は巻き戻せない。

桐彦もそれが分かるのか、ぎこちない笑顔で応えてみせた。

五章　修学旅行

その日は天気予報通りに、朝から青空が広がった。

それでも朝六時という早い時間帯では、日差《ひざ》しも弱くて寒さが厳しい。県内で一番大きな駅でも行き交う人はまばらである。みな着込んだ上着の首元を押さえ、足早に歩いていく。

そんな駅ビルにあるファーストフード店の一角に、直哉《なおや》らは集合していた。

小雪《こゆき》に朔夜《さくや》、結衣《ゆい》に巽《たつみ》、アーサーにクレアといういつもの顔ぶれだ。二年生メンバーはそれぞれ旅行カートなどを携《たずさ》えて、旅立つ準備は万端である。

そんな集合した面々を見比べて、恵美佳《えみか》がごほんと咳払《せきばら》いする。

「それじゃ、みんな揃《そろ》ったところで始めていこうか。じゃーん、これが今日から始まる三泊四日の修学旅行のしおり完成版でーす」

喜々として取り出すのは、コピー紙を束《たば》ねて折った冊子である。

手際よく配られたそれを開くなり、結衣と巽が目を丸くした。

「うわ、予定表と見所が完璧《かんぺき》にまとめられてあるじゃん……」

「しかも何だよ、このオススメお土産特集は。タウン誌か何かか」

ざわつくふたりを横目に、直哉も全十六ページの冊子をめくる。

そこには本日これから出立するはずの修学旅行について、細かくびっしり書かれていた。

単純なスケジュールだけでなく、訪れる予定の名所に関する情報、施設の入場料、お土産特集から簡単なコラムまで……驚きの充実ぶりである。

「さすがは委員長さん。このまえの文化祭同様、イベントごとには全力投球だな」

「あはは、そう直球で褒められると恥ずかしいなあ」

恵美佳は満更《まんざら》でもなさそうに胸を張る。

冊子をひとりで執筆、編集したはずだが、疲労の色を一切《いっさい》感じさせない。顔色はむしろ艶々《つやつや》していて、達成感に満ち満ちていた。

恵美佳は冊子を撫《な》でてうっとりと笑みを深める。

「だって、小雪ちゃんと行ける修学旅行はこれが最初で最後だもの。しっかり準備して思い出を作らないと。そうでしょ、小雪ちゃん？」

「それは分からなくもないけど……」

直哉の隣で冊子を開いていた小雪が、おずおずとうなずく。

小学校の半ばで恵美佳が転校したというし、修学旅行はたしかに初めてだろう。

小雪も楽しみなのはおおむね同意。昨夜だってなかなか寝付けなくて苦労したようだ。

それでも、まるで一世一代の大舞台に挑むかのような気合いの入れように、若干心配になったらしい。おずおずと気遣うように言う。

「大学に進学したら、また卒業旅行とか行きましょうよ。それじゃダメなの？」

「もちろんそれはそれで計画するよ？　でもね……高校の修学旅行は一回きりしかないの！」

恵美佳はぐっと拳《こぶし》を握りしめ、目をキラキラさせて言ってのける。

「十七歳というみずみずしい感性で、旅行という非日常体験を共有する……！　こんなことができるのは一生に一度のことなんだから、大事にしないと！　あと、合法的に制服旅行ができるのは今回だけだしね！」

「それにしたって全力投球すぎるでしょうが。まったくもう、恵美ちゃんは力を入れるところがおかしすぎるのよ」

大興奮の幼馴染《おさななじ》みに、小雪はやれやれと肩をすくめる。

一方で、恵美佳はしたり顔を浮かべて目を細めるのだ。

「ええー？　小雪ちゃんったらそんなつれないことを言っちゃって。ほんとは私に感謝してるくせにー」

「はあ？　たしかに予定表を作ってくれたのは感謝してるけど……？」

「違う違う！　そういうのじゃなくてさ」

恵美佳はにやーっと笑い、わざとらしく直哉を見やる。

「小雪ちゃんが、だーい好きな笹原《ささはら》くんと修学旅行を回れるように、予定を調整してあげたんだよ？　全力でイチャイチャしてくれていいからね！」

「は、はあ⁉　みんなが目の前にいるっていうのに、イチャイチャなんてしないけど⁉」

「またまたぁ。このまえ相談されたデートコースも、色々調べてまとめておいたよ。巻末参照だからね☆」

「ちょっ……！　それ内緒にしてって言って……って、そんなこと知らないし⁉」

小雪は顔を真《ま》っ赤《か》にして怒るものの、狼狽《ろうばい》ぶりから図星なのが丸分かりだった。

おかげで直哉はニコニコしてしまい、小雪にべしべしと肩を叩《たた》かれるはめになる。

「直哉くんもニヤニヤしない！　結衣ちゃんが河野《かわの》くんと回りたいっていうから、合わせてあげただけなんだからね」

「大丈夫だぞ、小雪。『このまえは家族旅行だったけど、今回は修学旅行！　家族の目もないし、見知らぬ土地だし、ちょっぴり大胆に誘ってみてもいいわよね……！　きゃー！』とかなんとか小雪が舞い上がってることくらいお見通しだから」

「私の周りには敵しかいないの⁉」

頭を抱えて突っ伏す小雪だった。

そんな幼馴染みの完敗っぷりに恵美佳はほうっと熱い吐息をこぼして悦に入る。

「いやあ、このやり取りは何度見ても美味《おい》しいよねえ。ライブの定番トリ曲みたいな味わいがあるよ……」

「全面同意。さすがは鈴原《すずはら》先輩、よく分かっているね」

朔夜がそれにうんうんと力強くうなずいた。

朝からトリプルバーガーとコーラLにポテトLという、育ち盛りの男子高校生ですらちょっと遠慮したくなるようなメニューを淡々と平らげている。

けぷーっと満足げに鳴いてから、拭《ぬぐ》った右手を恵美佳にそっと差し出した。

「修学旅行中は写真撮影よろしくね。楽しみにしてるから」

「もちろんだよ、朔夜ちゃん」

恵美佳はその手をがしっと握る。

小学校時代、小雪を合わせた三人で遊ぶことも多かったらしく、再会した今ではすっかり朔夜とも仲良しだ。時を経た今、共通の趣味もできたことで絆《きずな》はさらに深まったらしい。

目をキラキラと輝かせ、恵美佳はもう片方の手でサムズアップしてみせる。

「約束通り、撮った写真は共有のクラウドサーバーに随時《ずいじ》アップロードしていくからチェックしてよね。あとでアルバムにするから、一緒に厳選しよ！」

「もちろん。四六時中張り付く所存」

「ふたりで何を結託《けったく》してるわけ⁉」

突っ伏していた小雪だが、ツッコミを入れるために復活した。

そのまま渋い顔で妹のことを睨《にら》み付《つ》ける。眼光こそ鋭いものの、ふたりの勢いに押されたせいかどこかタジタジだ。

「っていうか……なんで朔夜とクレアさんまで一緒にいるのよ。あなたたちの修学旅行は来年でしょ」

「私はお見送り。このあと先生を叩き起こしてから学校に行くの」

「朔夜ちゃん、さっそく全力アタックしてるなあ」

落としにかかると宣言したのは、つい先日のこと。

それでこの押し掛け女房ぶりなのだから、即断即決即行動にもほどがあった。

実際、桐彦《きりひこ》の方もかなり助かっているらしい。朝きっちり起こしてくれて、たまに手作りお菓子の差し入れまでしてくれる。スケジュール管理もバッチリだという。

『どうしましょう、笹原くん……このままだと私、ダメにされてしまうわ……』

『いいんじゃないっすかね、別に』

深刻そうな相談に、雑な相槌《あいづち》を打ったのは言うまでもない。

そんな裏事情も知らない小雪は、次にクレアへ話を向ける。

「はあ……それじゃあクレアさんは？」

「わたくしも見送りです。それと……野暮《やぼ》用が少々」

クレアはやんわりと微笑《ほほえ》んでみせる。

その隣では、アーサーが夢中でしおりを読み込んでいた。

「キョウト……日本の古き良き文化が根付く場所……いいな……楽しみだな……はたしてニンジャには会えるだろうか」

日本オタク気味なので、ベタな修学旅行先にいたく興奮していた。

そんな兄へと棘《とげ》を孕《はら》んだ視線を投げてから、クレアは恵美佳へと微笑みかける。

「たしか……エミカ先輩でしたっけ。お話があります」

「うん？　なあに、クレアちゃん」

恵美佳は小首をかしげてみせる。

その軽さとは対照的に、クレアの方はピリピリしていた。

微笑みの形に細めた目からは、薄い殺気が迸《ほとばし》る。

ただならぬ空気がふたりの間に満ちて、小雪もおもわず口をつぐんだ。朔夜は朔夜で、その隙《すき》にトリプルバーガーのおかわりを注文しに行く。

そんななかでクレアは居住まいを正し、険しい顔で恵美佳に向き合う。

「みなさんで修学旅行を楽しむ……それはいいでしょう。メンバーはナオヤ様カップル方とユイ先輩カップル……あとはうちの兄様と、エミカ先輩。そういうことでいいんですよね」

「うん。それがどうかした？」

「……兄様はわたくしのものですからね」

クレアはムスッとして、兄の腕にするりと抱き付いた。

これにはアーサーも仰天し、目を丸くしてあたふたする。

「クレア⁉　きゅ、急にどうしたんだ……！」

「兄様は黙っていてください」

ぴしゃっと叱《しか》りつけ、クレアは淡々と畳みかける。

「旅行という非日常空間で、余った男女がいい雰囲気になる……定番の展開です。ですが兄様には、すでにわたくしという者がいるのです。それをゆめゆめお忘れなきように」

「あー、そういうことね。大丈夫、大丈夫」

あからさまな牽制《けんせい》に、恵美佳はぱたぱたと軽く手を振る。

「このまえの文化祭であれだけ情熱的な一幕を演じたカップルだよ？　そこに割り込んだって得るものがないでしょ。そもそもアーサーくんは私の好みじゃないし」

「むう、本当ですか……？　いかがでしょうか、ナオヤ様」

「安心しろよ。フラグが立つことは一切ないから」

なにしろ、恵美佳が夢中なのは小雪だからだ。

アーサーのことは小雪の彼氏のオマケくらいにしか思っていない。

そう告げると、クレアは見るも分かりやすく胸をなで下ろしてみせた。

「なら大丈夫ですわね。申し訳ございません、エミカ先輩。失礼なことを言ってしまって……」

「ううん。気にしないで、当然の心配だと思うしさ」

「さすがはコユキ様の竹馬《ちくば》の友……！　器の大きさが桁外《けたはず》れですわ！」

「ふっふっふー、クレアさんだからだよ。あなたには感謝してるからねえ」

「えっ？　わたくし、エミカ先輩に何かしましたっけ……？」

「もちろん。とっても大事なことだよ」

　恵美佳は穏やかな微笑みを浮かべ、クレアの肩をぽんっと叩く。

「アーサーくんが、もしも小雪ちゃんの幸せを壊すような許嫁《いいなずけ》キャラなら……全力で排除しなきゃいけなかったからさ。あなたが引き受けてくれて、とっても助かったの。ありがとうね、クレアさん」

「は、はあ……どういたしまして？」

　クレアは困惑気味におずおずとうなずいた。

　過激派幼馴染みに、小雪はますます頭を抱える。

「それ、本来なら直哉くんの台詞《せりふ》じゃないかしらね……？　恵美ちゃんは私の何なのよ」

「よかったなあ、小雪。保護者がいっぱいいじゃないか」

「保護者ってそんなにたくさん必要……？」

　小雪はムスッとしてため息をこぼした。

　そんなわけで、あとはめいめい集合時間までを自由に過ごすことになる。

「あ、兄様。わたくし、このナマヤツハシというお菓子を食べてみたいです！」

「分かった分かった。メモしておくが……種類が多いなあ。委員長くん、オススメはどれだい」

「そうだねえ。個人的にはお芋味なんていいと思うけど。ところでクレアさ～ん、いつまで兄様呼びなの？　もうお付き合い中なんでしょ？」

「えっ、そ、その……急に変えるのも気恥ずかしくって、つい……」

「ぼ、僕も名前で呼ばれるのは心の準備が……」

お土産談義と恋バナに花を咲かせたり。

「ねえねえ、巽。京都でどっか行きたいとこってある？」

「別に。特にないからおまえに任せるわ」

「そう？　じゃあこの、三時間待ちのお洒落《しゃれ》カフェとかに並んじゃおうか！」

「やっぱ今のなしで。ちょっと時間をくれ、必死に何か考えるから」

行き先を相談したりで、まったりした時間が流れていった。

小雪もまたワクワクとしおりをめくる。

少し読み進めただけで、その目にぱあっと光が宿った。

「わっ、見て見て直哉くん。良縁祈願の神社ですって。縁を結ぶだけじゃなくて、今の良縁をがっちり補強してくれるとか。絶対一緒に……」

……と、そこまで興奮気味に口にしてから、小雪はハッとして黙り込む。

ごほんと咳払いをひとつして、何事もなかったかのように澄まし顔を作ってみせた。

「直哉くんなら行きたがるわよね、仕方ないから付き合ってあげるわ。光栄に思いなさい」

「どうせすぐにメッキが剝《は》がれるんだから、無理して強がらなくてもいいのに」

直哉は苦笑するしかない。

大きなイベント前は定番の光景だ。

小雪も重々承知らしく、顔を赤らめながらぼそぼそと言う。

「だって、修学旅行中、直哉くんやみんなとずーっと一緒にいるんでしょ……？」

「そうだなあ。自由時間がバカみたいに多いし」

しおりの予定表を開けば、日程表のほとんどが自由時間なのが分かる。

大月《おおつき》学園は自由な校風が売りなので、修学旅行の行き先もそれぞれの生徒に任される。

直哉らは京都方面を選んだが、ハワイや沖縄だったりも選択可能だ。

団体行動もあるにはあるが、ほとんどは自由行動となる。集合時間さえ守れば、名所を回るも、テーマパークをはしごするのも何でも許される。

そういうわけで、クラスの違うメンバーでこうして集まって行き先を相談しているのだ。

早朝に集まったというのに、みなの盛り上がりぶりは留《とど》まるところを知らない。

小雪はごくりと喉《のど》を鳴らしてから、直哉だけに聞こえる小声でこそこそと言う。

「今から楽しみすぎて、どうにかなっちゃいそうだから……テンションを抑えようかと思ったのよ」

「小雪は慎重派だなあ。そんなの気にせず楽しめばいいのに」

「だってだって、こんな楽しみな修学旅行は初めてなんだもの……！　小中のときはぼっちだったし……！」

小雪はわっと顔を覆《おお》う。

テーマパークのベンチでひとり読書して時間を潰《つぶ》したり、お寺の休憩所でぼーっとしたり……小雪にとって、修学旅行というのはそんなふうに、とにかくただひたすら虚無《きょむ》いイベントだったらしい。

「だから今から自制しておかないとダメなの。失敗は許されないのよ……！」

「言いたいことは分かるけど大袈裟《おおげさ》だなあ」

もともと真面目《まじめ》な性格なので、余計思い詰めつつあるらしい。

（さっき委員長さんをからかってたけど、小雪も同じくらい真剣に向き合いすぎているんだよな……）

とはいえ、それもこれも楽しみすぎるがゆえだ。

顔を強張《こわば》らせる小雪に、直哉はその緊張を和らげるべくふんわりと笑いかける。

「そもそも、何をもって修学旅行の失敗って言うんだよ」

「えっと……みんなで集合時間に遅れて怒られたり……？」

小雪は真っ青《さお》な顔で、思い付く可能性を指折り数えていく。

「行きたかった場所がお休みだったり、道に迷ったり……？　ううっ、考えれば考えるほど嫌な想像ばっかりしちゃうじゃないのよ……」

ますます思い詰めていく小雪だ。

だが、直哉は変わらず軽く言ってのける。

「安心しろよ。それはそれで思い出になるからさ」

「えっ。そ、そうなの？」

「そういうもんだよ。ほら、こないだの家族旅行でも、そんなことがあっただろ」

避暑地に向かう道中、直哉と小雪は家族らとはぐれて別行動となった。

小さな駅で降りてお弁当を食べ、海を見て——そして、大雨に降られた。

最後は散々な展開だったが、とても鮮やかに心に刻まれた思い出だ。

しかし、小雪は眉《まゆ》を寄せてごにょごにょと言う。

「でも……今回は結衣ちゃんたちみんなに迷惑がかかるじゃない。家族のときとは違うのよ」

「みんな迷惑なんて思わないって。なあ、そうだろ」

「えっ、何の話？」

話を振ると、結衣がきょとんとした顔を向ける。

ざっくり説明してやれば、すぐにぱたぱたと手を振って苦笑した。

「あー、そんなことで悩んでたんだ。小雪ちゃんらしいっちゃらしいけどね」

「そ、そんなこと⁉　集団行動で大事な心配じゃない⁉」

「そうかもだけど、そこまで深刻にならなくても」

結衣はにっこり笑って、小雪の手をぎゅっと握る。

「その程度のことで迷惑なんて思わないよ。だって私たち友達じゃん」

「ほ、ほんとに……？」

「もちろんだよ」

不安そうな小雪に、恵美佳もまた力強くうなずいた。

結衣の手にそっと自分の手を重ね、優しい目をして訥々《とつとつ》と語る。

「お目当てのお店がお休みでしょんぼりの小雪ちゃん……道に迷って涙目の小雪ちゃん……そんな貴重なシーンを間近で激写できるんでしょ？　私としてはむしろ大歓迎だから、じゃんじゃんやらかしてくれていいからね！」

「結衣ちゃんはともかく……恵美ちゃんはちょっと付き合い方を考えさせて」

「なんで⁉　幼馴染みじゃん！」

「幼馴染みの肩書きがあれば何でも許されると思ったら大間違いなのよ⁉」

恵美佳の手をばしっと振り払う小雪だった。

ともあれ、それで心にかかっていたもやが晴れたらしい。

少し表情がゆるんだ小雪に、直哉はさっぱりと告げる。

「ま、そんな感じだな。どうやったって、大事な思い出がまた増えるんだ。だから変に気を張らなくてもいいんだよ」

「そっか……」

小雪はふうっと小さく息を吐く。心配と不安が、それで一気に消えたらしい。

そうかと思えば先ほどまでの思い詰めた表情から一転、いたずらっぽい笑みを浮かべてみせる。

「ふふ、直哉くんもたまにはいいことを言うのね。褒めてあげるわ。でも……私のエスコート係としてはまだまだだね」

「じゃあ、どうしたら満点がもらえるんだ？」

「うっ……」

答えは分かりきっていた。

直哉がニヤニヤと問いかけると、小雪は少し言葉に詰まってから――頬《ほお》を赤らめ、直哉の袖《そで》をそっとつまむ。

「修学旅行で、私とたくさん思い出を作れば……満点をあげなくもないわ」

「それじゃ頑張らなきゃな。期待しててくれよ、小雪」

「……うん」

小雪は素直に小さくうなずいて、袖を握る手に力を込めた。

おかげでメンバーはそっと顔を見合わせるのだ。

「こいつら、もうすでにアクセル全開だな……」

「私たち、これを修学旅行中ずっと浴びることになるんだね……」

渋い顔の巽と結衣。

その一方で、恵美佳は感極《かんきわ》まったように身もだえする。

「はわわ……私ったら、供給過多で旅行中に死んじゃうかも……！　そのときはアーサーくん、かわりに撮影係よろしくね！」

「えっ!?　このふたりを間近で観察するのは、ちょっと遠慮したいかな……」

「わたくしの兄様を虐《いじ》めないでください。こう見えてメンタル弱々なんですわよ」

アーサーとクレアが、それにやんわりとツッコミを入れた。

ちょうどそこで朔夜が戻ってくる。ハンバーガーをむしゃむしゃ食べながら、ぺこりと直哉に頭を下げた。

「それじゃ、お義兄様。うちのお姉ちゃんをよろしくお願いします」

「あはは、任されたよ。なんせ許嫁候補だしな」

「その話、まだ続いてたんだ……」

小雪が少しげんなりしたところで、ちょうどいい時間となった。

朔夜とクレアのふたりと別れ、直哉らは集合場所に移動することにした。

それからは怒濤《どとう》の勢いで時間が進んだ。新幹線で移動したあとは、クラスごとにバスに乗っていくつかの名所巡り。初日のスケジュールは過密で、ホテルに着くころには皆疲れきっていた。

しかし学生の体力は無尽蔵《むじんぞう》だ。

夕食と風呂《ふろ》を済ませたあとは皆完全復活し、ホテルのあちこちを探索し始める。

直哉も大浴場でのんびりしたおかげで、今日の疲労はほとんど取れてしまった。すぐそばのロビーで浴衣のまま待っていると、やがて小雪がやって来た。

「直哉くん、聞いて！　すっごく楽しいわ……！」

「お、おお。よかったな？」

小雪はやって来るなり開口一番そう言った。

目はキラキラと輝いているし、顔も艶々している。

どうやら最初に緊張がほぐれたのが良かったらしく、全力で修学旅行を楽しめているらしい。

そんな小雪に微笑ましく思うと同時、直哉はこっそりと生唾《なまつば》を飲み込んだ。

(風呂上がりの浴衣だあ……)

小雪も直哉同様、浴衣姿だった。

ホテルで用意された素朴《そぼく》なもので、飾り気などは一切ない。

それでも湯上がりで火照った肌、ちらりと覗《のぞ》く鎖骨を流れる汗、香り立つ甘い香り……。

五感に訴えかけるすべてが直哉に効果抜群だった。髪を高い位置でまとめたせいで、うなじが見えるのもたまらない。後れ毛がぴょんっと跳ねているのも最高に可愛《かわい》かった。

風呂上がりの姿を見るのなんて何度目かも分からない。浴衣だって、この前のお祭りで拝むことができた。

ただ、その合わせ技がたまらなくグッときたのだ。

ぽーっと見蕩《みと》れていると、直哉の脳裏《のうり》に危機感がよぎる。

（まずい……こんな可愛いの、他の男が見逃すはずない！）

おもわずそっとあたりをうかがう。

幸い他の生徒らは話に夢中で、こちらを見ている者は少なかった。それも直哉と目が合うとすぐにさっと顔を背《そむ》ける。敵に回すと厄介なのが、すでに皆分かっているらしい。

直哉はほっと胸をなで下ろす。

（ふう……俺《おれ》の知名度が上がったおかげかな。これなら悪い虫も付かないだろ）

文化祭などで悪名を轟《とどろ》かせた甲斐があったというものだ。

そんな陰の攻防に、小雪はまったく気付かなかった。

興奮気味に今日の旅程であった出来事について語って聞かせてくれる。

「結衣ちゃんや恵美ちゃんだけじゃなくって、クラスの他の子ともお話しできたし……！　同じ部屋になった子とは、連絡先も交換できたのよ！　すごいでしょ！」

「へえ、仲良くなれてよかったじゃん」

「うん！　あっ、でも……」

そこで、小雪の笑顔が少しだけ曇った。

直哉のことを恨みがましい目で睨みながら、ため息をこぼす。

「その子、直哉くんにすっごく感謝してたのよ。このまえ相談に乗ってもらったおかげで、彼氏との誤解が解けてラブラブに戻れたんですって」

「はあ……それはいいことだろ」

直哉は肩をすくめてみせる。

あの恋愛相談窓口は今も不定期に開催しており、感謝の声をもらうことも多い。

だからこれは相変わらずの日常風景だ。

それなのにむすーっと膨れる小雪に、直哉は苦笑するしかない。

「何度も言ってるだろ。いくら女子に人気が出ても、俺は小雪ひと筋だって」

「分かってはいるけどモヤモヤするの！」

小雪は声を張り上げ、ぷいっとそっぽを向く。

直哉が人気なのは嬉《うれ》しい。ただ、女の子から慕われるのは非常に面白《おもしろ》くない。

そんな相反する気持ちを持て余しまくっているらしい。小雪は真剣な顔で考え込む。

「むう……いっそ直哉くんの悪い噂《うわさ》を広めてやろうかしら。そしたら女の子が寄りつかないわよね。性格が最悪で、人を弄《もてあそ》んで楽しむような極悪人《ごくあくにん》だって」

「たぶんそれ、もうみんな知ってるぞ」

「そっか……そうよね……今さらか……うん」

「納得するのが早すぎませんかね、小雪さん」

しみじみと悟られても困る。

そのまま、ふたりはロビーの椅子に座ってとりとめのない話に興じた。

今日はクラスごとの集団行動が多かった。そのためお互いの見たもの、面白かったこと、話したこと……そうしたものを語り合い、じっくりと思い出を共有していった。

気付けばロビーに来て一時間ほどが経過していた。

小雪もそれに気付き、大きく伸びをしてぼやく。

「あーあ、もうすぐ一日目も終わりかあ……あっという間でびっくりだわ」

「たしかに早いよな」

直哉も笑って時計を見る。

すでに時間は夜の九時を示している。十時が一応の消灯時間なので——もっとも、守る生徒は少ないだろうが——こうして会っていられる猶予は残り一時間だ。

「あと三日かあ……」

小雪は時計を眺めてぼんやりする。

その横顔はどこか寂《さび》しげで、直哉は明るく言う。

「まだあと三日あるんだ。明日からは自由行動もあるし、今日以上に楽しめるって」

「そ、そうよね。明日に備えて……あっ、そうだ」

やる気を出した小雪が、そこでふと何かを思い出す。

そして直哉はそれを察して、ぴしっと凍り付いた。

「…………今から小雪たちの部屋まで来いって？」

「うん。話が早くて助かるわ。段階をすっ飛ばしすぎだけど」

小雪は慣れた様子で軽くうなずく。

それでも一応とばかりに、きちんと言葉にしてくれた。

「今日ね、美味しいお菓子を見つけたの。それで、直哉くんの分も買ったんだけど……賞味期限が今日までなのよ。部屋の冷蔵庫で冷やしてあるから、取りに来て」

「もう一回聞くけど……女子の部屋まで？」

直哉はおずおずと問い返す。

もちろん男女で部屋は別れているし、行き来は禁じられている。ちゃんと棟は別々になっており、不貞が起こらないように先生たちが目を光らせていた。

そんななか、女子の部屋に行く。

男にとっては人生を賭《か》けた一大ミッションになると言っても過言ではない。

大抵のことに動じない直哉でも当然緊張してしまう。

それが顔に出たようで、小雪はぷっと噴き出した。

「なんて顔をしてるのよ、大袈裟《おおげさ》ねえ。取って戻ってくるのも手間だから、ちょっと来てもらって渡したいだけなんだから。そしたらすぐに帰ってくれていいわよ」

「いやでも、ほんとに行っていいのか……？」

「平気よ。同室の結衣ちゃんたちは、他の部屋に遊びに行ってるはずだし。誰《だれ》もいないから気兼ねしなくていいわ」

そう言うと、小雪はるんるんと軽い足取りで歩き出す。

部屋に呼ぶのは確定事項のようだ。お土産を早く渡して感想を聞きたいらしい。

他の女子がいないのなら、たしかに直哉も気を遣わなくて済むのだが――。

（つまりそれ……部屋にふたりっきりってことでは？）

そうツッコミたいのをグッと堪え、小雪の後を追った。

美味しい展開を逃すわけにはいかなかったからだ。

こうしてふたりは女子の部屋がある棟に向かい――数分後。

あっさりたどり着いた扉の前で、小雪は渋い顔を直哉に向ける。

「直哉くんなら大丈夫だと思ったけど……こうもあっさり先生たちの目をかいくぐるとは恐れ入ったわ」

「えっ、これくらい簡単だろ？　行動パターンを読んで、死角を通ればいいだけなんだから」

「ほんとに簡単なのかしら……躊躇《ちゅうちょ》なく進むから、こっちがビクビクしたくらいなのに」

見回りの背後を音もなく歩いたり、小雪を先に行かせて視線を向けさせたり。

そんなちょっとした小細工で侵入ミッションは完了した。

不可解そうに考え込む小雪をよそに、直哉はふうっと吐息をこぼす。

(今のでだいたいの見回りスケジュールも読めたけど……それは言わないでおくかな。余計ドン引きされるし)

しかし、小雪はふと閃《ひらめ》いたとばかりに顔を上げる。

「ひょっとして、さっきので先生たちの見回りスケジュールも読めちゃった？」

「……小雪も鋭くなったなあ」

「こんな鋭さ不必要よ。直哉くんのせいで、私まで色物になっていくじゃない」

「いやあ、小雪も元からわりと色物……なんでもないです」

「ちょっと手遅れ気味だけど、よろしい」

満足げにうなずいて、小雪は部屋の鍵《かぎ》を開けて入っていった。

中でごそごそと荷物を整理してから、外の直哉に声を掛けてくれる。

「もう入ってもいいわよ。ただし、静かにね」

「お、お邪魔します……」

おずおずと扉を開くと、土間と上がりぶちが出迎えてくれる。

その向こうには開け放たれた障子があった。

棟が違うとはいえ同じホテルのため、直哉らの部屋とほとんど同じ和風な間取りだ。

障子の向こうは畳敷きで、女子らの荷物が隅に置かれている。すでに布団《ふとん》が敷き詰められていて、就寝準備は万端だ。

そして、部屋には小雪と直哉の他には誰もいない。

制汗剤や化粧水などの甘い香りが鼻腔《びくう》をくすぐり、直哉はますます身を固くした。

「……お邪魔します」

「なんで二回言ったの？」

場違い感に押し潰されそうになりながらも、覚悟を決めて部屋へと上がる。

小雪は部屋の隅にある冷蔵庫を漁っていたが、やがて小さな紙袋を取り出してくる。

「はい、どうぞ。これが言ってたお菓子」

「水まんじゅう……？」

袋に入っていたのは、青い水まんじゅうだった。

プラスチックの容器の中でぷるぷると震えるそれを覗き込み、直哉は軽く目をみはった。

「へえ、変わってるな。まんじゅうの中で金魚が泳いでるんだ」

「そうなの！　とっても可愛いし美味しいしで……私が見つけたんだから！」

小雪は大興奮で顔を輝かせる。

今日、小さな和菓子屋さんを見つけたらしい。結衣と恵美佳に知らせたところ、あれよあれよという間にクラスの女子にも広まって皆で買って食べたという。

小雪がポットでお茶を入れてくれたので、その場でいただくことにする。

よく冷えた水まんじゅうは口当たりがよく、甘さ控えめでさっぱりしていた。温かいお茶との相性《あいしょう》は抜群だ。小さなまんじゅうを大事に平らげ、直哉はほうっと息を吐く。

「うまかった。ありがと、小雪」

「ふふん、そうでしょ。みんなも美味しいって言ってたわ」

胸を張って、小雪は得意げに笑う。

よっぽどクラスの皆とはしゃげたことが嬉しいらしい。

「ほら、見て。他にも可愛いお菓子がたくさんあったんだから」

「どれどれ？」

小雪は目を輝かせて、今日撮った写真をスマホで見せてくる。

結衣たちとの自撮りにまぎれ、他の商品を写したものがいくつもあった。

「へえ、猫のお菓子もあったんだな。買わなかったのか？」

「賞味期限が早いから、今日は諦《あきら》めたのよね」

小雪は残念そうにかぶりを振る。

店の場所を地図で確認すると、ますますその眉間にしわが寄った。

「明日からの予定だと、このお店を回る余裕もなさそうね……お土産に買えないのは残念だわ」

「それじゃ、また今度だな」

「今度……？」

小雪は目を瞬かせる。

それに、直哉はさっぱり笑って言う。

「そう、今度。次はその……ふたりで来ようぜ」

「……うん。また計画しなくちゃね」

小雪は照れくさそうにしながらも、ふんわりとはにかんでみせた。

自分もお茶に口をつけてから、直哉の顔をいたずらっぽく覗き込んだ。

「今日はとっても自然体で楽しめた気がするの。朝、直哉くんと話せたからかしら」

「お役に立てたのならよかったよ。でも、今の小雪なら俺が何か言わなくても大丈夫だったと思うけどな」

「当然よ。私は完全無欠の美少女ですもの。クラスの子たちと談笑するくらい、なんてことないんだから。まあ、ちょっと緊張はしたけどね……」

小雪は頬をかいて、眉を少しだけへにゃっと曲げる。

まだ人見知りを克服するには至らないらしい。

それでも、こうしてクラスメートのやり取りを笑顔で振り返ることができるのが、たまらなく嬉しいようだった。

「直哉くんのせいで、他のひとたちとの思い出も増える一方なの。今年だけで、もうパンクしそうだわ。いったいどうしてくれるのよ」

「あはは。これで音《ね》を上げちゃ、これからやっていけないぞ。俺がずーっと全力で、小雪に思い出を提供し続けるんだからな」

「ふふ……言ったわね」

小雪がくすりと笑い、そこでふとふたりの間に会話が途切れた。

静寂が部屋を満たす。窓の外から小さな風の音が聞こえる他は、何の気配もしない。

他の部屋も静まり返っており、まるでこの広い世界の中でふたりっきりになったような錯覚を覚える。

やがて、小雪が口を開いた。頬はほんのり朱色に染まっている。

「ね、直哉くん。その……」

「う、うん……」

言葉は少なく、互いに意識してぎこちない。

それでも直哉に小雪の気持ちは手に取るように分かったし、小雪は小雪で察されていることを知っている。ふたりの心はひとつだった。

そっと直哉が顔を近付ければ、小雪はまぶたを閉ざす。

かすかな緊張が長いまつげを揺らし、こめかみを小さな汗の粒が流れ落ちた。

(ベタな展開だなあ……)

修学旅行で、みんなに隠れてキスをする。

浮かれたカップルとしては押さえておきたいイベントだった。

しかし、唇と唇が触れる寸前で――。

「あはは。それでさぁ」

楽しげな声が廊下から響き、小雪が大慌てで目を見開いた。

「ま、まずい……! ちょっと直哉くん! 隠れて隠れて!」

「へ⁉ 待て待て! 無茶があ――」

異論を無視し、小雪は直哉の上にばさっと布団をかぶせてしまう。

自分はそこに足を入れて、隠蔽《いんぺい》工作は完了だった。

次の瞬間、ガチャッと部屋の扉が開かれた。いくつもの足音が聞こえ、女子たちが帰ってきたのだと分かった。声から察するに、中には結衣や恵美佳もいる。

(ベタな展開だ……!)

女子の部屋に侵入して、布団の中に匿《かくま》われる。

キスのチャンスは逃がすことになったが、これはこれで浮かれた定番イベントだ。

布団の中は真っ暗だが、そこは直哉だ。気配だけで外の様子が手に取るように分かった。

帰ってきた女子のひとりが、小雪に明るく声を掛ける。

「たっだいまー。あれ、白金《しろがね》さんひとり？」

「え、ええ。そうよ」

「ふーん？」

小雪はガチガチに固くなりつつも、そう言って誤魔化《ごまか》してみせた。

女子生徒もそれ以上は何も追及することなく、他の子らと話し始める。

部屋が一気に賑《にぎ》やかになった。直哉もさすがに黙ってはいられずに、小雪の足を突いて小声で訴えかける。

（おい、小雪。さすがにこれは無茶だって……）

（仕方ないでしょ！　彼氏を連れ込んだなんてバレたら、恥ずかしすぎるんだもの！）

布団を少しめくって覗き込み、小雪は真っ赤な顔で猛抗議する。

あたりをそっとうかがって、ドスを利《き》かせた声で言うことには――。

（隙を見て逃がすから。しばらく大人しくしてて！）

（はあ……）

直哉はそれに、曖昧《あいまい》な返事をすることしかできなかった。

かくして女子の園で、息を殺しての潜入ミッションがスタートした。

相部屋の女子生徒らは明日の準備をしたり、だらだらおしゃべりしたりと、それぞれ自由に過ごしている。もうすぐ消灯時間のはずだが、誰も眠る気はないらしい。

「小雪ちゃーん、こっち向いて。はい、チーズ」

「ち、ちーず……」

恵美佳にカメラを向けられて、小雪はぎこちなくピースする。

いつ布団の中がバレるかヒヤヒヤしているらしい。

そして、直哉は直哉でのっぴきならない事態に陥《おちい》っていた。

（ゆ、浴衣がはだけてるぞ、小雪……！）

直哉の隠れた布団に、小雪は足を突っ込んでいる。

それゆえ、目の前に艶々した素足があった。無駄な毛は一切なくてしみひとつない。

布団で蒸れたせいで、ふんわりと汗の香りもする。その足を視線でたどれば、浴衣がはだけて露《あら》わとなったピンクの下着部分もちらっと見えた。

そんな折。

「あはは、やったな！　それ！」

「ぶふっ⁉」

「あっ、白金さんごめん！」

女子のひとりがふざけて投げた枕《まくら》が、小雪の顔に直撃した。

それに驚いて布団の中の足がびくんと跳ねた結果、直哉が抱き付くような形になる。

めちゃくちゃ柔らかかったし、いい匂《にお》いがした。

「ひっ……きゃああっ⁉」

「ふぶっ⁉」

その幸せな時間は一秒も続かず、直哉は布団から蹴《け》り出される羽目になった。

畳の上をごろごろと転がって、打った頭を押さえてうめく。

「いってて……隠れてろって言った癖《くせ》に、自分から追い出すのかよ……」

「ご、ごめんなさ……って、そんなこと言ってる場合じゃ……⁉」

あたふたした小雪だが、すぐにハッとして背後を振り返る。

そこでは女子生徒一同がきょとんとして直哉たちを見つめていた。

小雪が『終わった……』と顔面蒼白《そうはく》になる。

しかしそんな憂慮《ゆうりょ》に反して、女子たちは――。

「それで明日の予定なんだけど、あたしたちはここに行くつもりなんだ」

「あっ、それいいかも。うちらも真似《まね》しない？」

「賛成ー！　いいとこ知ってるじゃん、委員長」

「えっへん。入念なリサーチの結果だよ☆」

何事もなかったように会話を続けたのだった。

小雪は一瞬だけぽかんとして、すぐに顔を真っ赤に染めてツッコミを叫ぶ。

「なんでみんな何も言わないの⁉」

「えっ？」

それに結衣たちが顔を見合わせる。

部屋になんとも言えない沈黙が落ちてから、結衣はバツが悪そうに頬をかいた。

「だって……直哉がいるのは分かってたし」

「……へ？」

「そーそー。玄関に男子のスリッパがあったからね」

他の女子生徒も、軽い調子でうなずいてみせる。

「布団だって、それだけ大きく盛り上がってたら誰かいるって普通分かるって」

「じゃあ……私が誤魔化そうとしたのって、全部無駄だったわけ⁉」

「うん！　面白そうだから、みんなで黙ってたよ！」

ハキハキと言ってのけるのは恵美佳だった。

「っ〜〜……⁉」

その途端、小雪の顔色が赤を通り越してどす黒く変化する。

怒りの矛先が向かうのはもちろん直哉だ。枕を手にして、ぼふぼふと殴打してくる。

「なんで言ってくれなかったのよぉ！　直哉くんなら、バレてるのなんて最初から分かってたはずでしょ⁉」

「いやその、最初は言おうとしたんだけど……」

バレバレなのは分かっていたし、忠告しようとしたのは本当だ。

それをせず、ただ黙って布団の中に隠れていたのは――。

「布団の中の光景がたいへんよろしくて……堪能したかったんだよ。ごめん」

「バカ！　えっち！　出てけぇ！」

「はーい。お邪魔しましたー」

手当たり次第に投げつけられる枕をかわしつつ、直哉は部屋を後にした。

背後からは小雪の怒声に混じり、女子たちの感心したような声が聞こえてくる。

「やっぱりすごいねー、白金さん」

「うん。あそこまでイチャイチャされるといっそ微笑ましいもん」

「ふっふっふ……小雪ちゃんのポテンシャルはまだまだこんなもんじゃありませんよ。明日またここに来てください。これよりもっとすごいイチャイチャ写真をご覧に入れましょう」

「委員長はなんでそんなに有識者ヅラなの？」

「そりゃなんたって、おさななじ――ぼふっ⁉」

得意げな恵美佳の台詞は、小雪の投げた枕によって中断された。

六章　結ばれた縁

京都は言わずと知れた、国内外から人気の高い観光地だ。

純和風建築がずらりと並ぶ大通りには、今日も今日とてうららかな日差《ひざ》しが降《ふ》り注《そそ》ぐ。

浴衣で着飾った女子たちが集団で写真を撮ったり、リュックを背負った外国人がガイドブック片手におぼつかない日本語を練習していたり――そんな光景がそこかしこで見受けられる。

日本文化を楽しむことのできるテーマパークといったところだ。

しかし少し路地裏に足を踏み入れれば、また違った景色が広がっていた。

古びた民家と民家に挟まれた路地は狭く、小さなお堂の中からお地蔵様が通行人をそっと見守る。そんななかに昔ながらのお店や旅館がひっそりと軒を連ねている。

表通りの喧噪《けんそう》もここまで届かない。

そんな路地の一角に、小さな喫茶店《きっさてん》が存在していた。

店内は席数こそ少ないものの落ち着いた内装で、ふんわりとあたたかな照明が、太い柱を照らし出す。奥には囲炉裏《いろり》まであって、いわゆる古民家カフェだ。

おすすめ商品を書いた手書きのポスターも、落ち着く雰囲気に一役買っている。

メニューもなかなか渋い。

昔ながらのナポリタンやケーキと焙煎《ばいせん》コーヒーのセット。

そして一番のオススメだというのが――。

「お待たせいたしました。ご注文の抹茶《まっちゃ》パフェになります」

「かわいい！　綺麗《きれい》！」

頼んでいた品が届くなり、小雪《こゆき》は歓声を上げた。

目をキラキラと輝かせ、届いたパフェをうっとりと眺める。

それはまさに色濃く生い茂った緑の山だった。

三角錐形《さんかくすい》のガラス器の中に抹茶アイスと小豆が詰め込まれ、上にはソフトクリームにわらび餅《もち》、白玉団子にカステラ、マカロンに栗《くり》……などなど。

とにかくこれでもかと大量の甘味が積み上げられている。

「女子はすごいなあ……」

真正面に座る直哉《なおや》は苦笑するしかない。

見ているだけで胸焼けしそうなので、自分は熱いお茶だけで十分だった。

しかし小雪はご満悦《まんえつ》でにんまりと笑う。

「うふふ、物欲しそうな目で見たってあげないんだから。これはアルバイトを頑張った自分へのご褒美なのよ！」

「そっかー。たくさん頑張ったもんなあ」

そういうわけで軍資金に余裕があって奮発したらしい。

パフェを大事そうに食べ進める小雪を眺めつつ、直哉は茶々を入れる。

「しかしよく食うよな。今日で三日目だけど、毎日ずっと食べ通しじゃん」

修学旅行はこれで三日目だ。

初日こそ出立前とホテルでしか会えなかったが、二日目からは自由行動なのでずっと一緒だ。

そのため、小雪がどれだけ旅グルメを満喫しているのかよーく知っていた。

ご当地アイスやみたらし団子、湯葉まんじゅうに生八つ橋……。

ほぼほぼずっとスイーツを食べていることになる。

そう指摘するも、小雪はつんっと澄ました顔で事もなげに言う。

「修学旅行なんだからこれくらい普通でしょ。その分たくさん歩くんだし、プラマイゼロよ」

「いやあ……自分でも分かってるはずだろ、着実に増えてってるって。毎日風呂《ふろ》上がりに体重計を見てるんだから。昨日だってだいたい一・──」

「ええい、具体的な数字を出すな！」

直哉の口に白玉団子を突っ込んで、物理的に黙らせる小雪である。

ぷいっとそっぽを向いて、刺々《とげとげ》しく言う。

「分かってるわよそんなこと。帰ったらダイエットするからかまわないの。それとも……何？」

そう言って直哉の方をちらっと見やる。

剣呑《けんのん》な眼差《まなざ》しに反して、声はかすかな不安で震えていた。

「直哉くんは彼女の体型がちょっとくらい変わっただけで愛想を尽かすような、そんな軽薄な男だったってわけ？」

「いや別に？」

直哉はあっさりと首を横に振る。

痩《や》せすぎでいるよりは、ちょっとぽっちゃりしてくれた方が断然いい。

「俺《おれ》としてはもう少し太ってくれても全然ストライクゾーンっていうか、そっちの方が触り心地が良さそうっていうか……だから、修学旅行中だけとは言わず日常的にもっと食べてほしいくらいだよ」

「見てなさい、絶対に痩せてやるからね……！」

小雪は固い決意とともに、パフェに刺さったプリッツェルを噛《か》み砕《くだ》いた。

そんなふうにイチャイチャしていると――。

「うわあ……」

後ろのテーブルから呆《あき》れたようなため息が聞こえてくる。

巽《たつみ》だ。ふたりきりのデートというわけではなく、他の面々ももちろん一緒だった。

振り返ってみれば、巽は気遣うように声をひそめて尋ねてくる。

「なあ、直哉。おまえらこの三日間、他人がいる前でもずーっとそんな調子でイチャイチャしてるけどよ……疲れたり飽きたり、恥ずかしかったりしないのか？」

「まさか。三日どころか年中通してイチャつけるぞ」

「ああうん、おまえならそう言うと思ってたわ」

巽は額を押さえつつ、ブラックコーヒーを一気飲みした。

より一層眉間のしわが深くなったのは、苦味のせいばかりではないらしい。

「おかげでずーっと胸焼けがすごいんだよ……俺が倒れたらおまえらのせいだからな」

「『おまえら』って私も含まれてるの⁉　直哉くんが全部悪いんだからね⁉」

「ごめん。白金《しろがね》さんも直哉と同罪だわ」

「い、一緒くたにされた……⁉」

小雪はガーンと目に見えてショックを受ける。

日頃《ひごろ》ずーっとこんな感じなので、イチャついていた自覚がかなり薄いようだ。

一方で、結衣《ゆい》と恵美佳《えみか》はのほほんとケーキを突いている。

「んー、おいしい。ほんっと委員長のリサーチ様々だよね。こういう穴場、どこで調べてくるの？」

「雑誌とかネット記事とか？　直《じか》に取材したわけじゃないし、たいしたことじゃないよ」

「いやいやご謙遜《けんそん》を。超穴場じゃん、ここ」

奥まった路地にあるため、店内は静かでゆったりしている。

今し方ひと口もらったパフェも甘すぎずに食べやすかったしで、たしかに穴場だ。

直哉はお茶をすすりつつ、軽くうなずく。

「だよな。委員長さんが立ててくれた他のプランも楽しかったし」

「楽しいなんてもんじゃないぞ、ナオヤ！」

そこに声を上げたのはアーサーだった。

目をキラキラと輝かせる彼は、今やお土産まみれだ。

定番のお菓子や謎《なぞ》の熟語が書かれたTシャツ、木刀などなど。制服の上に新撰組の羽織《はおり》をまとっているしで、この場で一番満喫しているのがひと目見ただけで分かる出《い》で立ちだ。

アーサーは恵美佳に頭を下げつつ、噛みしめるように言う。

「金閣寺《きんかくじ》に清水寺《きよみずでら》、舞子《まいこ》さんや枯山水《かれさんすい》……どれも本で見た以上の美しさだった！　案内してくれて本当にありがとう、エミカくん！」

「あはは。そこまで言ってもらえたら、頑張った甲斐があったかな」

まっすぐな感謝の言葉に、恵美佳は照れくささそうに笑う。

日本びいきのアーサーに京都を案内する――それが今回の修学旅行における目的のひとつでもあった。

しかしアーサーは少し眉《まゆ》をひそめて、その場の面々を見回すのだ。

「僕は楽しんだんだが……みんなは本当によかったのか？　日本人からすると、ありきたりな場所ばかりだったのでは？」

「いいのいいの。これくらいベタだとかえって新鮮だしね」

「そーそー。おまえは大人しく接待されてりゃいいんだよ」

あっけらかんとした結衣の言葉に、巽も乗っかる。

アーサーの肩を叩きつつ、軽薄な笑みを浮かべて言うことには――。

「そのかわり、誰《だれ》か女子でも紹介しろよ。彼女ができたっつっても、おまえならよりどりみどりだろうし」

「ええ……ユイくんともあろうフィアンセがいるのにか？　さっきだって、タツミは彼女に贈る髪飾りをこっそり買っていたくせに――」

「バッカ！　それは言うなっつただろうがおまえ！」

「巽さあ……」

結衣が居たたまれないとばかりにさっと目を逸らした。

そんな友達カップルをじーっと見てから、小雪は恵美佳に小首をかしげる。

「ねえ、恵美ちゃん。あっちもイチャイチャしてるわよ。興奮しないの？」

「うーん……これはこれで美味《おい》しいんだけど、小雪ちゃんたちの方が栄養価が高いよね」

「ほんとに？　よく見て、いつもクールなふたりが真っ赤《まか》になってるのよ。私たちなんかよりよっぽどレアで見物じゃない？」

「たしかになかなか見られないか……一応写真だけでも撮っとくかな」

「はいはい！　この話はここまでです！　撮影も禁止！」

ごそごそとカメラを取り出そうとする恵美佳を、結衣は慌てて制止する。

普段は傍観者側なので、自分たちが注目を浴びるのは慣れないらしい。

真っ赤な顔であたふたしつつも、修学旅行のしおりを開く。

「私たちのことはともかく、次の予定をチェックしとこ。ね？」

「ちぇー。一応、次はアトラクション施設を予定してるんだけど。ニンジャ屋敷がモチーフなんだ」

「ニンジャ⁉　実物に会えるのか⁉」

「へえ、ショーがあるんだな」

アーサーは言わずもがなテンションが上がり、巽も興味津々でしおりをめくる。

忍者ショーや手裏剣投げゲーム、忍者アスレチックなどのアトラクションがあるらしい。

アーサーは感動のあまり涙ぐむ始末だった。

「こんな素晴らしい場所があったのか……！　やはり日本は奥深い！　今度クレアも連れてきてやらないといけないな……！」

「クレアちゃんはどうだろ……喜ぶのかなあ」

恵美佳は苦笑しつつ、直哉らの方を見やる。

「小雪ちゃんたちも忍者でいい？」

「あっ……え、えーっと、その……」

話を振られたその瞬間、小雪の肩がびくりと跳ねる。

少しの間視線をさまよわせ、スプーンをテーブルにそっと置いてから、俯き加減でぼそぼそと言うことには――。

「私はちょっと、他に行きたいところがあって……」

「ああ、なるほど」

それに恵美佳が力強くうなずいた。

ぱらりとしおりをめくれば、彼女がまとめ上げたデートコース特集が現れる。その一角を指し示し、にこにこと満面の笑みを浮かべてみせた。

「この縁結び神社だね。オーケーオーケー。がっつり縁を補強しておいで」

「ち、違うわよ……！　そういうのじゃなくって、歴史的建造物に興味が――」

「そっかー、小雪ちゃんと直哉は今よりラブラブになるのか。じゃあ別行動だね」

「おうおう、お幸せにー」

「僕たちはニンジャを堪能するから、ふたりは水入らずで楽しんできておくれ！」

「だから違うってばぁ……！」

「諦《あきら》めろ、小雪。バレバレなんだから」

皆から優しい目を向けられる小雪の肩を、直哉はぽんっと叩《たた》いて励ました。

こうしてふたりは他のメンバーと別行動を取ることになった。カフェから続く裏路地を並んで歩く。このあたりまで来ると店も減り、古い民家が建ち並ぶ下町風情《ふぜい》漂う景色が続いた。

すれ違う人もなく、表通りの喧噪もまったく届かない。

時が止まったような路地には、ふたりの足音だけが響く。

小雪はぷんぷんと怒りながら、石畳を踏みしめる。

「まったくもう……みんな失礼しちゃうわね。私がそんな浮ついた神頼みをすると思うのかしら」

「うんうん、そうだな」

「古い神社で雰囲気が良さそうだから、気になってただけなんだから。直哉くんは無関係に決まってるじゃない。ほんっと先入観って困ったものよね」

「うんうん、分かる分かる」

「さっきから相槌《あいづち》が適当すぎない……？」

小雪は射殺《いころ》さんばかりの眼光で直哉を睨《にら》む。

声を張り上げなかったのは、周囲に民家が多いから気を使ったらしい。

そんな小雪に、直哉はへらりと笑う。

「でも、たしかに御利益はあるみたいだぞ。さっき調べたら、由緒正しい神社だって書いてあったし」

「ふん、それくらいすでにリサーチ済みよ」

小雪はつんっと澄ました顔で薄く笑う。

クールを装っているものの、声は期待で弾んでいた。

「悪縁をバッサリ断ち切って良縁を結ぶって評判なんだから。もしも今いいご縁に恵まれているのなら、それをがっちり強めてくれるっていうし……全国から参拝客が訪れるのよ。ほら見て、この記事」

「どれどれ」

小雪が差し出したスマホには神社を取り上げた記事が表示されていた。

そこには参拝客の喜びの声がたくさん取り上げられている。

恋人ができただの、就職が決まっただの、といったよくある体験談が序盤は並ぶ。

しかし後半にいくにつれて風向きが怪しくなる。死んだお婆《ばあ》ちゃんに会えただの、未来の自分を見ただのといった怪しい話がいくつもいくつも続いていた。

これには直哉も半笑いだ。

「さすがに後半はオカルトだろ」

「それは私も思うけど。とにかくすっごく効くのは確かみたいよ」

「それじゃあ、今日はしっかり神様にお願いしないとな」

「つ、ついでにね。メインの目的は神社の見学だから」

ほんのり頬《ほお》を赤らめつつも、まだ建前《たてまえ》を口にする小雪だった。

そうかと思えば、ふと眉を寄せつつ直哉の顔を覗《のぞ》き込む。

「そういえば……直哉くんって神様とか信じてるわけ？」

「まあ、一般的な日本人レベルには。初詣《はつもうで》は毎年家族で行くしな」

お賽銭《さいせん》を放り込んでお祈りをして、おみくじを引く。

笹原《ささはら》家の毎年の恒例行事だ。

「でも、そこまで本気で信じてないかなあ。いるかどうか分からない神様より、生きてる人間に頼った方がよっぽど手っ取り早いと思うし」

「あなたはやっぱり現実的よねえ……」

そんな話をする間にも、ふたりはどんどん路地を進んでいった。

空き家や空き地が増え、ますます人の気配がなくなっていく。不安になって地図を確認するも、どうやら道は正しいようだった。いくつもの曲がり角を曲がり、人とすれ違えないような細道を歩く。

やがて――小雪が足を止め、ぱっと顔を輝かせた。

「あった！　ここだわ！」

「へぇ……けっこう小さいんだな」

静まり返った裏路地のただ中に、ひっそりと佇《たたず》む鳥居があった。

朱色《しゅいろ》に塗られたよくあるものではなく、石造りの無骨な代物だ。

その奥には木立《こだち》が続いており、さわさわと葉音を立てる。路地と同じく、ここも人気はないものの――それ以外の何かがいるような、不思議な気配がかすかに漂っていた。

（これはたしかに雰囲気あるなあ……御利益あるのは本当かも）

信仰心の薄い直哉ですら、そう直感するほどの空気だった。

小雪も少し気圧《けお》されたらしく、鳥居を見上げてぼんやりしている。しばしふたりは無言で立ち尽くしていたものの、ほとんど同時にはっとして顔を上げる。

「よし……行きましょうか、直哉くん」

「お、おう」

直哉もおずおずとうなずいた。

かくしてふたりはその神社に足を踏み入れる。

鳥居をくぐったその瞬間、ざあっと強い風が吹いた。木の葉がひらひらと舞い落ちて、石畳に落ちる音を響かせる。それくらい静かな場所だった。

木々と狛犬《こまいぬ》の並ぶ参道を抜けると、小さな拝殿があった。

賽銭箱も鈴も色あせており、年月の経過を感じさせる。

そのすぐ側《そば》の社務所は閉まっていて、料金札のついたおみくじと絵馬が無造作に置かれている。どうやら常駐する神主はいないらしい。

それでも手入れ自体はされているらしく、どこもかしこも綺麗に掃《は》き清められていた。そこかしこの木々におみくじや絵馬が括《くく》り付けられているしで、圧巻である。

静謐《せいひつ》と呼ぶに相応《ふさわ》しい空気が満ちる中、柏手《かしわで》を打つ音がふたり分響く。

ちらりと隣をうかがえば、小雪は手を合わせて真剣に拝んでいた。

だから直哉も、柄になく心を込めてお祈りする。

（……小雪とずっと一緒にいられますように）

参拝をしっかり終えたあと、ふたりはおみくじを引いてみることにした。

手水舎《ちょうずや》のそばにベンチがあったので、そこに腰を下ろしてせーので開く。

その途端、小雪がぱあっと顔を輝かせた。

「やったわ、大吉よ！」

「お、奇遇だな。俺もだ」

直哉も大吉のくじをひらひらと翳す。

神様同様、占いもそれほど信じてはいないが、小雪とお揃いなのが嬉《うれ》しかった。

ほっこりする直哉をよそに、小雪はおみくじの文章を真剣に読み込む。そうして不可解そうに首をひねるのだ。

「『待ち人来る』ですって……どういうことかしら」

「聞かれてもなあ。俺も同じだけど」

「うーん。待ってたお爺ちゃんは日本に来ちゃったし……あっ、この前応募した、にゃんじろーの激レアグッズが当たったりして⁉」

「そしたら次はお礼参りに来ないといけないな」

ふたりはしばしそのまま、おみくじの文言を読み解こうと模索する。

ほとんどは抽象的なことばかり書かれていたものの、直哉の方には『口は災いの元』、小雪の方には『自然体で』などと、やけに的を射た言葉が並んでいた。

そうする間にも他の参拝客は訪れなかった。

静まり返った境内を見回して、小雪は不思議そうに首をかしげる。

「全国から人が来るっていうわりに、ずいぶん閑散としたところなのね……」

「ま、たまにはそういうこともあるだろ。辺鄙《へんぴ》な場所だし、たどり着けない人も多いのかもしれないぞ」

「だったら私たちはラッキーってことね」

小雪は得意げに鼻を鳴らす。

そんな彼女に、直哉はふんわりと朗らかに笑いかけた。

「ところで……小雪は神様にどんなお願い事をしたんだ？」

「……わざわざ聞かなくても分かるでしょ」

むすっと声を低くして、小雪はそっぽを向いてしまう。

照れ隠しなのは明らかだ。

だから直哉はますます破顔して続けた。

「俺も小雪と同じ。『ずっと一緒にいられますように』ってお祈りしたんだよ」

「ふーん……分不相応なお願い事ね」

小雪は眉間にしわを寄せて直哉を見やる。

口調こそ刺々しいものの……口元は分かりやすく吊《つ》り上《あ》がっていた。

直哉の鼻先に人差し指を突きつけて、居丈高《いたけだか》に告げる。

「だったら私が隣に並んでも遜色《そんしょく》ないよう精進なさい。そうじゃなかったら、即座に切り捨ててやるんだからね」

「もちろん。今以上に尽くすよ」

直哉は堂々と宣言する。

そのついで、ここ最近度々上がる話題を持ち出してみた。

「そうしたら俺のプロポーズ、受け入れてくれるかな?」

「へ、ぷろぽーず……?」

小雪がきょとんと目を丸くする。

あまりに唐突な話だったからだろう。

それでも、すぐに呆れたように肩をすくめてみせる。

「またその話？　あなたもしつこいわねえ……」

「だってジェームズさんに会う度言われるし。早く小雪を幸せにしてやってくれって」

「お爺ちゃんはお爺ちゃんでもう……」

小雪が頭を抱えるのも無理はない。

ジェームズが日本に来て一ヶ月余り。それでもまた誤診の連絡は出ておらず、終活に余念がない。むしろ日に日にエスカレートしていく始末だった。

『頼む、直哉くん。小雪をもらってやってくれ。小雪の花嫁姿を見るまでは死んでも死に切れん……！』

『なんで私なのよ……ほら、朔夜《さくや》とかどう？　好きな人ができたみたいだし』

『朔夜は賢い子だから、しっかりといい相手を見つけることだろう。だが小雪は危なっかしくて心配なんじゃ！　悪い男に引っ掛かる前に直哉くんにもらってもらった方が百倍いい！』

『どういう意味よ⁉』

『どうどう、小雪』

そんな爺孫の喧嘩《けんか》を宥《なだ》めたのは一度や二度でない。

小雪は渋柿を口いっぱい頬張《ほおば》ったような顔でうめく。

「そもそも、お爺ちゃんの件は法介《ほうすけ》おじ様が調べてくれているんでしょ？　だったら解決は目と鼻の先よ」

「まあな。年内に結果が出るとは思うけど」

法介も『ああ、誤診ですねえ』とあっさり認めたほどだ。

そのためジェームズが検査を受けた病院について、あれこれ探りを入れてくれるらしい。

だがしかし、それとこれとは話が別だ。

「いいじゃんか、婚約したって。すぐ結婚しなくてもいいんだし、これまでと何も変わらないぞ」

「そんなわけないでしょ。今以上に学校で目立つのは確実なんだから」

小雪はぶすっと口を尖《とが》らせる。

「あの文化祭があってから、廊下ですれ違うひとみんなに『バカップルの片割れだ』とか『狂犬の飼い主さんだ』とかひそひそ言われてるのよ⁉　あげく、なんか知らないけどガラの悪い上級生に深々と頭を下げられる始末だし……あなたいったい陰で何をやってるの⁉」

「いやあ……ちょっとレスリング部のやつらに頼まれてさあ」

先日の文化祭で、直哉があっさり返り討《かえう》ちにしたレスリング部の面々。

不良めいていた彼らはあれを機に心を入れ替えて、真面目《まじめ》に大会を目指すことになった。それで改めて練習に励もうとしたのだが、かつての悪い仲間たちがいい顔をしなかったのだ。

部室に顔を出しては彼らの邪魔をし、挑発を繰り返した。

それで、なんとかしてくれと頭を下げられた……というわけだった。

「で、その結果……芋づる式に不良グループをやり込めることになっちゃって。区内にいる不良は、だいたい俺に秘密を握られてるんだよ」

「知らない間に、ほんとに地域を掌握しちゃってるし⁉」

小雪は裏返った悲鳴を上げて頭を抱える。

「だからみんな、魔王の嫁とか逆鱗《げきりん》みたいな扱いだったのね……納得だわ」

「まあまあ。ここはひとつ、小雪のファンが増えたってことで手を打たないか？」

「あんなうつろな目でガタガタ震えるファンがいてたまるか！」

よっぽど怖い思いをしたらしい。

小雪はやっていられないとばかりにため息をこぼす。

「まったくもう。お爺ちゃんの件が解決したと思ったら直哉くんがかわりに変なことを言い出すんだから。そんなに婚約とかって大事なこと？」

「まあ、そりゃな」

ジェームズのことももちろんある。

だが、それ以上に直哉はその地位を渇望していた。

「だって、小雪が認めなかった上に一瞬だったとはいえ……他の男が小雪の許嫁を名乗っていたわけだし。そんなの我慢できるはずないだろ？　だから俺も早く堂々と婚約者を名乗ってみたいんだよ」

「……それってつまり、独占欲とかそういうもの？」

「うん。簡単に言うとそういうことだな」

「ど、堂々と言うわねえ……」

直哉のあっさりした返答に、小雪はもごもごと口ごもる。

ほんのり赤らんだ頰が満更でもないことを証明しているが――もう一押しが足りない。

小雪は険しい顔で、ぴしゃりと言い放つ。

「そういうことならまあ、考えてあげなくもないから……せめて卒業までは待ちなさい。この話は以上よ！」

「卒業後かー……まあ、小雪がそこまで言うなら」

婚約自体は問題なし。ただし、少し待てということだ。

待つこと自体は苦でないし、それはそれで楽しいのは告白ＯＫまでの軌跡で証明されている。

そんなふうに結論が出たところで、小雪が直哉の顔を覗き込んでくる。

「ちなみになんだけど……この前言ってた夢、まだ見るの？」

「あー、最近は見てないな」

小雪との新婚生活を描いた夢は、最近とんと頻度が減っていた。

見ても朝起きると内容を忘れているような始末で、なんとなく幸せな気持ちだけが胸の中に残っている。

「だから、娘の顔もまだ見てないんだよなあ……くそう、勿体《もったい》ない気がする」

「本気で悔しがるのやめてよね。娘とかいないし」

小雪はぶすっとした顔でツッコミを入れる。

そうかと思えば胸を張り、得意げにふふんと笑ってみせた。

「私はこの前すっごくいい夢を見たわ。直哉くんを下僕にして、あちこち連れ回す夢」

「ああ、俺の話を聞いたからラブラブ結婚生活の夢を見たんだな。よかったじゃん」

「ち、違うし！　たくさん荷物を持たせたり、帰ったら肩を揉《も》ませたり……だから結婚じゃなくて下僕だもん！」

「はいはい、そっかー。でも、帰ったら『お帰りなさい』のキスはしたんだな」

「うぐっ……だ、だって直哉くんがしてほしそうな顔したんだもん……！」

あたふたしつつも、小雪は夢の内容を語って聞かせてくれた。

そんな横顔を見ていると、直哉の中でますます気持ちが膨らんでいく。

（やっぱり好きだなあ……）

この子の隣にいられるのは自分だけだと、世界中に向けて宣言したい。

しかし、小雪は頑としてプロポーズを認めてくれない。無理に迫るのもどうかと思うし、今のところは万策が尽きている。これは本当に、しばらく待つしかないのかもしれなかった。

そこまで考えたところで、ふと誰もいない拝殿が目に入った。

直哉はこっそりと心の中で手を合わせる。

(……小雪が俺のプロポーズを受けてくれますように)

そんなバカげた神頼みをした、その途端――。

「で、夢の直哉くんったらおかしくって――って、きゃあっ⁉」

「うわ……⁉」

突然、拝殿の方から突風が吹き付けた。目を開けていられなくなるほどの強さで、伏せた頭のすぐそばを轟々《ごうごう》という音が過ぎ去っていく。

しかし、風はほんの一瞬のことだった。

すぐに境内には元通りの静けさが戻り、ほっとしたところで――。

「うっ、ううう……」

「えっ」

「へ？」

引き絞るような声が聞こえた。

ふたりとも同時に目を開ける。

するとそこには、ひとりの小さな女の子が立っていた。見る限りでは五歳ほど。銀の髪を肩まで伸ばし、シンプルな真っ白《しろ》いワンピースをまとった、とても可愛《かわい》らしい女の子だ。

そんな子供が、空より澄んだ青い瞳《ひとみ》に涙を溜《た》めて肩を震わせている。

（え……この子、いったいどこから来たんだ？）
まるで、今の風が連れて来たかのように、直哉が一切《いっさい》気配を感じられなかった。
小雪もぽかんと女の子を凝視している。
そんな彼女を見るうちに、新たな疑問が直哉の中で生まれた。
（なんかこの子、小雪に似てないか……？）
銀の髪に青い瞳。人形のような面立ち。
少し前に見せられた、小雪の子供のころの写真にそっくりだった。
しばし境内に女の子のすすり泣きが響き――やがて、彼女はぽつりとこう言った。
「ううう……こはるのパパとママ、どこにいるのぉ……」
「ええっ、こんなところに迷子⁉　よ、よしよし、大丈夫よー！」
小雪は慌てて女の子に駆け寄って、あたふたと宥《なだ》め始める。
それだけなら単に微笑《ほほえ》ましい光景だったのだが――。
（あっ、この子……俺と小雪の娘だ）
直哉は奇妙な直感を覚え、動けずにいた。

七章　不思議な迷子

観光地かつ休日ということもあり、京都の大通りは人でごった返していた。

着物や浴衣に身を包んだ観光客も多く、日常と非日常が交差する光景だ。

そんな片隅に、小さな公園があった。

道沿いに木々が植えられ、地域の人々にとって憩いの場所となっているようだった。遊具では子供たちが仲良く遊び、ベンチはその保護者らでほとんど埋まっている。

そのひとつに座って待っていると、小雪《こゆき》が難しい顔で戻ってきた。

「ダメだわ。交番を覗《のぞ》いたけど誰《だれ》もいないの」

「そっか。お疲れ様」

「ええ。一応メモを残してきたから、お巡りさんが戻ってきたら対応してもらいましょ」

そう言って、小雪はベンチの端に腰掛ける。

小川のせせらぎが静かに流れる中、小雪はそっと隣の少女に問いかけた。

「えっと……小春《こはる》ちゃんでいいのかしら」

「……うん」

目元を腫《は》らしたまま、少女は小さくうなずいた。

ふたりが神社で出会った迷子の子である。

最初は大泣きしていたものの、泣く気力も尽きたのかしょんぼりしている。

あのあと、ふたりは神社の周りをざっと見て回って彼女の両親を探した。

しかしそれらしき人物に出くわすことはなく、交番までこうして出向いたというわけだ。

すっかり落ち込んだ少女の頭をそっと撫《な》で、小雪は気遣わしげに尋ねる。

「ひとりで怖かったわよね。パパとママがどこに行ったか分かる？」

「……ううん」

少女は小さくかぶりを振る。

そうしてたどたどしい口調で、一生懸命に話してくれた。

「こはるね、パパとママといっしょに神社におまいりしにきたの。でもいつのまにかパパもママもいなくなってて……うえぇん……」

「あわわ……！　泣かないで、小春ちゃん」

とうとう涙腺《るいせん》が決壊し、大きな目からぼろぼろと涙がこぼれていく。

そんな少女を、小雪はあたふたしながら宥《なだ》める。

直哉《なおや》はあごに手を当てて思案顔だ。

「えーっとつまり……ご両親とはぐれて、この子だけあの神社にたどり着いたってことか？」

「辺鄙《へんぴ》な場所にあったし、ありえなくはないけど……」

ふたりは首をかしげつつ、そう結論付けるしかなかった。

降ってわいたとしか言いようのない迷子の登場に、どちらも戸惑いを隠せずにいる。

それでも目の前で泣いている女の子は実在するし……小雪は小さく息を吐いてから、少女の顔を覗き込んだ。安心させるため、にっこり笑うことも忘れない。

「大丈夫、すぐにパパとママに会えるわ。

「ぐすっ……うん」

少女は肩を震わせながらも、小さくうなずく。

そんないじらしい様を前にして、小雪は母性本能をくすぐられたらしい。

ますます破顔して、少女の頭をよしよしと撫でる。

「いい子ねえ。そうだ、温かいココアなんか飲む?」

「ココア……?」

「そう。温かくて甘いものをお腹《なか》に入れたら、きっとすぐに元気になるわ。どう?」

少女は小雪の顔をしばしじっと見つめていた。

やがてほうっと吐息をこぼして、ぽつりと言う。

「……のむ」

「そう。それならすぐに買ってくるわね」

戻ってきたばかりだというのに、小雪はふたたび腰を上げる。

そのついで、直哉にびしっと忠告することも忘れなかった。

「直哉くん、その子と一緒に待っててちょうだい。泣かせたら承知しないんだからね」

「小雪は俺《おれ》のことを何だと思ってるんだよ」

「デリカシーがないんだから当然でしょ。ちゃんとご両親らしき人が来ないかも見ててよね」

「はいはい、分かってるって。行ってらっしゃい」

「い、いってらっしゃい。おねーちゃん」

「ええ！　すぐに戻ってくるからね！」

直哉と少女に見送られ、小雪は意気揚々と出立した。

とはいえこの人混みをみるに、飲食店は混雑していることだろう。ドリンクひとつ買うだけでも十分以上はかかるはずだ。

そんな目算を立てていると――。

「ふう」

直哉の隣で、少女がため息をついた。

それは怯《おび》える子供が発するにしては、やけに落ち着いたものだった。

恐る恐る視線を向けると、少女はまっすぐ直哉のことを見据えてこう言った。

「おにーちゃん、こはるのパパだよね？　それであのおねーちゃんは、こはるのママ」

「お、おう……」

直哉はたじろぐしかなかった。

あまりに直球かつバカげた問いかけだったからではない。

きっと聞かれるだろうと予想していたら、それがまんまと当たってしまったからだ。

できれば当たって欲しくはなかったが。

直哉はこめかみを押さえつつ、少女に問い返す。

「一応聞いておくけど……なんでそう思ったんだ？」

「だって『なおや』って名前だもん」

少女はやけにハキハキと言う。

「おねーちゃんは『こゆき』って名前だし、お顔もそのまんまだし、仲いいし。だからパパとママだと思ったの。あってるよね？」

「合ってる……のかなあ」

返答に窮《きゅう》し、直哉は天を仰《あお》ぐ。

頭上には澄み切った青空が広がっていて、季節にそぐわない暖気が降《ふ》り注《そそ》ぐ。

ひょっとしたら眠りこけている間に見る夢かもしれない。だがしかし、頬《ほお》をつねっても痛いだけで眠りから覚める気配は一向になかった。

（いやまあ、確かに俺と小雪の子だとは思うけど……そんなことあり得るか？）

下世話な話になるものの、小雪との交際はキス止まり。

子供が出来るようなあれこれは未経験だ。

そういうわけで、まるで身に覚えがない。あっさり否定してもいいはずだ。

それが出来ないのは、己《おのれ》の直感が『娘だ』と告げているからに過ぎなかった。

「ちなみに……きみのパパってどんな人だ？」

「パパはパパだよ？」

少女はきょとんと小首をかしげてみせる。

「パパはねー、すっごく『かん』がするどいの。だからいろんな場所でいろんなひとを助けてるんだ。おじーちゃんも若いころはそーだったんだって。それで、ママのことが大好きなの」

「じゃあ、ママは……？」

「ママもパパのことが大好きだよ。でも素直になれないから、いっつもツンツンしちゃってるの。パパにきもちをぜんぶ見抜かれて『きーっ』てなってるけど」

「俺と小雪だあ……」

直感が確信に変わる瞬間だった。この子は文字通り、夢にまで見たふたりの娘だ。

しかし認めるわけにはいかない。勢いよくかぶりを振って正気を取り戻した。

「いやいや、そんなバカげた話があるはずないだろ。それとも何か？　未来ではタイムマシンが開発されてて、きみみたいな子ひとりでもタイムスリップできるとかか？」

「うーん、タイムマシンはわかんないけど」

少女は腕を組んでうんうんと考え込む。

やがてぴんっと人差し指を立てて言うことには——。

「パパ、神社におまいりしたでしょ？　きっと神さまがまほーを使ったんだよ」

「そういう展開かー……」

小雪に見せられた神社の記事が、やけにオカルトめいていてことを思い出す。ひょっとするとあれは全部本当の体験談だったのかもしれない。

それからもう少し根掘り葉掘り彼女の両親について質問してみた。

趣味や特技、家族構成、エトセトラ……。

その結果、やはりどう考えても直哉と小雪本人だとしか思えなかった。

直哉は顔を片手で覆《おお》ってぼやくしかない。

「世界は広いな……俺たちのそっくりさんなんているんだなあ」

「パパはこはるのパパだよ。うけ入れたほーがいいよ」

そんな直哉に、少女は厳しいツッコミを入れた。

「こはるも最初はわかんなかったから、しらない場所にきて、こわくてないちゃったの。でも……パパとママだって分かったから、もうだいじょーぶなんだよ！」

「そ、そっかあ……」

少女が浮かべる満面の笑みには、太陽すら霞むほどだった。

それを見て、直哉は心臓が鷲《わし》づかみにされるような心地に襲われた。今すぐ頭を撫でてよしよししたいという衝動をぐっと堪える。

（これが父性本能……）

直哉はごくりと生唾《なまつば》を飲み込んで、それを追い払った。

これでは話が進まない。ひとまずこの現象を認めるしかないらしい。

ため息をこぼしつつ、直哉はぴんっと人差し指を立てる。

「もし仮に、きみが俺たちの未来の娘だったとする。それなら元の時代に帰らなきゃいけないだろ。何か方法は分かるのか？」

「ううん。パパならいい方法をぱぱっとおもい付くんじゃないの？」

「無茶を言うな。こんな超常現象の場数は踏んでないっての」

「へー、むかしはそうだったんだねえ」

「待ってくれ。未来の俺はどんな事件に巻き込まれて……いや、言わなくていい。詳しく聞いたら後悔しそうだから」

ニコニコ笑う少女から、さっと目を逸らす。

法介《ほうすけ》を上回る超事件の数々がなんとなく察せられた。

それは置いておくことにして、直哉は空を仰ぐ。

「そもそも、なんで未来の娘がこんなところにいるんだよ……神様が主犯ならいったい何を企《たくら》んでるんだ」

「んー、こはる分かんない。パパには心あたりないの？」

「こんな荒唐無稽なことを神様に頼んだ覚えは……あ」

そこで直哉はハッとする。

少女が現れたとき、強い風が吹いた。その直前に考えていたことといえば――。

「小雪が俺のプロポーズを受けてくれますように、ってお願いしたな……」

「なるほどー」

少女はうんうんとうなずく。

そうかと思えば、どんっと小さな胸を叩いてみせた。

「つまり、こはるはパパとママのキューピッドになればいいんだね！　まかせといて！」

「いや、どうなんだろ……うん」

直哉は歯切れ悪く唸《うな》るしかなかった。

察しがいいと言っても、さすがにこの展開は読み切れない。

関係の進まない主人公とヒロインのもとに未来の娘がやってくる――ある意味ベタな展開ではあるものの、自分の身に降りかかったときのシミュレーションなんてしたことがなかった。

（まあ……キューピッドはともかくとして、しばらく様子を見るしかないか）

未来の娘云々《うんぬん》というのは勘違いで、本当の両親が少女のことを探しているかもしれない。

そのため、当分は静観するしかないだろう。

「とりあえず……小雪には内緒にしとこうな。どうせ信じてもらえないから」

「うん。そーする」

少女はまたも素直にうなずいた。

「こはるが考えてることをあてると、ママは『いやなところが似たわね……』ってかなしそうにするの。だから、こんかいは言わない！」

「そうか、やっぱりその話の早さは血なのか……」

仮に本当に娘なら、遺伝子の伝わりっぷりが怖い。

そんな話をしているうちに、小雪がカップを片手に戻ってきた。それなりに行列に並んだはずだが、気疲れを感じさせないほどにニコニコしている。

「お待たせ！　さあ、熱いうちにどうぞ」

「あ、ありがとう。ま……おねーちゃん」

小雪から飲み物を受け取って、少女はぎこちなく笑う。

内緒にすると言った手前、ボロを出さないか緊張しているらしい。

湯気の立つカップをふうふうしてから一口。すると、その目がぱあっと輝いた。

「おいしい！」

「よかった。あ、多かったら残していいわよ。ゆっくり飲みなさい」

「うん」

少女はほくほく顔でココアをすする。

みるみるうちに緊張がほどけ、直哉もほっと胸をなで下ろした。

しかしそこでふと少女が顔を上げ、小雪にカップを差し出す。

「おねーちゃんもどうぞ」

「あら、いい子ねえ。おすそわけしてくれるの？」

小雪は満面の笑みでそれを受け取り、口を付ける。

「はい。直哉くんもどうぞ」

「あ、ああ。ありがと」

直哉も流れで一口。

それを見て、少女はくすくすと無邪気に笑うのだ。

「ふふー。かんせつキスだ！」

「なっ……!?」

小雪がそれにぎょっと目を剝《む》く。

間接キスなど、もはや日常茶飯事のイベントだ。

だから改めてドキッとするものでもないのだが……いたいけな少女に指摘されたことに驚い

たらしい。少女のことをまじまじと見つめる。

「最近の子はおませさんなのね……どこでそんな言葉を覚えてくるの？」

「パパとママがいつもやってるから。おかえりなさいのチューも毎日してるんだよ！」

「へえ……ずいぶん仲のいいご夫婦なのねえ」

「そ、そうだなー……」

直哉はさっと目を逸らす他なかった。

顔から火が出そうだった。未来の自分たちは娘の前でいったい何をやっているのか。

（いや、まだ未来の娘と確定したわけじゃないけど……自分たちのイチャイチャを客観視するとちょっとキツいものがあるな）

穏やかでない直哉の心中をよそに、少女はニコニコと両親のことを語る。

「パパはキスされるとすっごくよろこぶんだよー。それにママはいっつも『はいはいよかったわね』っててきとーに言うんだけど、こっそりニコニコしてるんだー」

「ママさん……なんだか他人事だと思えないわね」

小雪は神妙な面持ちで唸る。自分の将来を危ぶんでいるようだった。

そんなふうにしてココアを三人で飲みきった。甘くて温かな飲み物で少女も完全復活したらしく、ずいぶん血色が良くなった。

「ごちそーさまでした！」

「どういたしまして。こはるちゃんはお礼が言えて偉いわねえ」

「えへへ、ママが教えてくれたの。ひとから何かもらったら、ちゃんとお礼しなさいって」

「そうなのね、いいご両親ねえ」

小雪はにこやかに少女の頭をなでなでする。

何をやっても好感度が上がるらしく、もうすっかり骨抜きで表情にまるで締まりがない。普段なら直哉も少しは嫉妬《しっと》するところなのだが――。

(娘に嫉妬心は湧かないもんなんだな……)

しみじみと納得するばかりだった。

そんななか、少女はすたっとベンチから下りて小雪の手をぐいぐい引く。

もう片方の手で指さすのは、公園に並ぶ遊具の数々だった。

「ねーねー。こはる、あっちで遊びたい!」

「ええ……でもご両親が心配するわよ。大人しく待っていましょうよ」

「や! ちょっとだけだしいいでしょ?」

「うーん……へたに動くのはちょっと……」

小雪がちらっと見やるのは交番の方だ。

通行人はみな素通りするばかりだし、警察官が戻ってくる様子もない。少女の両親らしき人物も見当たらないしで心配らしい。

しかし顔には『遊んであげたい……！』という欲求がありありと浮かんでいた。

仕方なく、直哉は助け船を出すことにする。

「交番にメモを残したんだろ？　ご両親が来たら、それに気付いて連絡してくれるって」

「そ、そうね。それなら……少しだけよ？」

「わーい！」

少女は飛び上がってよろこんだ。

そのまま小雪のことを子供と思えないような強い力で引っ張っていく。

「いこ！　おねーちゃん！」

「わわっ、待ってちょうだい」

あたふたしつつも、小雪は嬉《うれ》しそうについていく。

そんななか、少女が直哉を振り返ってばちんとウィンクしてみせた。

（パパとママを、もっと仲よしにしてみせるね！　こはる、そのために来たんだから！）

（いやあの、間に合ってるんだけど……？）

目線だけでしっかり意思疎通が出来たのは、血筋と言うしかなかった。

それから三人は小さな公園をたっぷりと楽しんだ。滑り台やジャングルジムといった遊具を制覇して、小さな池で鯉《こい》を眺めた。

三十分ほどかけて遊んだあと。

「たのしい！」

「うふふ、よかったわねえ」

ぱあっと笑う少女に、小雪はニコニコと破顔した。

どちらも力いっぱい遊んで息が上がっているものの、とても満足げだ。

そんなふたりを横目に、直哉はくすりと笑う。

（やっぱり子供だなあ。完全に目的を忘れてら）

直哉と小雪のキューピッドになると宣言したものの、少女はすっかり忘れて遊びに夢中だ。

察しのいい幼女とはいえ、そのあたりはまだ年相応らしい。

微笑《ほほえ》ましい気持ちで眺めていると、小雪が水面を指し示した。

「あっ、見て！　今、綺麗《きれい》な鯉が跳ねたわ！」

「ええっ、こはる見えない……どこどこ？」

少女は池をきょろきょろするものの、目当ての鯉が見つからないらしい。

そのすぐそばにしゃがみ、直哉は池を指し示す。

「ほら、あのあたりだ。よーく見てみな」

「わあっ、いた！　しろと赤のおさかなさん！」

「ねー。綺麗よねえ」

「うん！」

少女と小雪は顔を見合わせて「ねー」と笑い合う。

それを見ていると、直哉の胸はますます温かくなるのだった。

(なんでこうなったのかは分からないけど……こういうの、いいもんだなあ)

先日見た新婚生活の夢もかなりグッときた。

だが、少女を挟んだ家族めいたやり取りの方もまた、甘く温かに感じられた。

ほのぼのしていた直哉だったが、不意に現実へ引き戻されることになる。

「へ、へ……へくちっ」

「あら」

少女が小さくくしゃみをしたのだ。

いつの間にか、晴れていたはずの空を雲が覆い始めていた。日差《ひざ》しが弱まった上にビル風が吹くため、体感温度は下がる一方だ。

小雪は心配そうに少女の顔を覗き込む。

「ちょっと陰ってきたし、寒くなっちゃった？　大丈夫？」

「さ、さむくないもん。こはる、つよい子だし」

少女は鼻をすすりつつ強がってみせる。

それでも体は震えているし、顔色も少し青白かった。

小雪はいそいそと制服を脱ごうとする。

「ちょっと待ってね、私の服を――」

「待て待て、それじゃ小雪が風邪を引くだろ」

直哉はそれを制し、いそいそとカバンを漁《あさ》る。

目当てのものはすぐに出てきた。濃紺色の、ほつれが目立つふわふわのマフラーだ。取り出したそれを少女の首に巻いてやる。

「ほら。これなら暖かいだろ」

「これって……」

マフラーの手触りを両手で確かめ、少女はわずかに目を丸くする。

すぐにその頰に赤みが戻りはじめた。

直哉がホッとしたところに、小雪が剣呑《けんのん》な目を向けてくる。

「呆《あき》れた。そのマフラー、持ってきていたのね。まだ使うには早いのに」

「でも、出番はあっただろ？」

「そうだけど……こう見るとほんっと納得いかない出来だわ」

小雪は渋い顔でマフラーの端を摘まむ。

直哉の誕生日から一週間は経《た》ったものの、未《いま》だに受け入れられないようだった。

そんな小雪に、少女はまっすぐな目を向ける。

「これって、おねーちゃんが作ったの？」

「え、ええ……でもその、あんまり上手じゃないから恥ずかしくって……」

「そんなことないよ！　すっごくあったかいもん」

目を逸らしつつ言う小雪に、少女は食い気味で言う。

マフラーを抱きしめるようにして、得意げに続けることには——。

「こはるのパパも、こんなマフラー持ってるんだ。ママがむかし作ってくれたんだって」

「あら、微笑ましいわね」

「でも、パパがそのマフラーを使ってるとすっごくおこるの。『もっとキレイなのもあげたでしょ！　さいしょのしっぱい作なんてすてなさいよ！』って」

「……聞けば聞くほど、他人とは思えないわね」

小雪はしわの寄った眉間を押さえて苦悶《くもん》のうめき声をこぼす。

未来の自分の姿を悟ったようだった。

そんな小雪に、直哉はぐっと親指を立てて宣言する。

「もちろん俺も一生大事にするから、そのつもりで」

「けっこうです。新しいのが出来る度に古いの回収していくからね」

ジト目で返す小雪だった。

そんな小雪を見て、少女はくすくすと笑う。

「おねーちゃん、うちのママとおんなじこと言ってる。ママもそう言うけど、ほんとは大事にしてもらえてうれしいんだよ。すなおじゃないの」

「な、なんでママさんが喜んでるって分かるの……？」

「だってママ、パパのマフラーはていねいにお洗たくするもん。ひとりでいるときなんか、ぎゅーってしてニコニコしてたりするし」

「子供はよく見てるもんだなあ」

「うぐ……わ、私はそんなことしないし！」

真っ赤《まっか》な顔で否定するものの、小雪自身ちょっと自信がないのか声に勢いが足りなかった。もごもごと言葉を濁しつつ、あさっての方を睨《にら》んでいる。

少女はそんな小雪を見てニコニコするばかりだった。

直哉の方を向いて、小首をかしげてみせる。

「これ、こはるが来なくてもよかったんじゃない？　もとからすっごく仲よしじゃない」

「だからそう言っただろ」

「何の話？」

怪訝《けげん》そうにする小雪だった。

それでも別のことに興味が勝ったらしい。

ワクワクとした顔でこっそり少女に尋ねてみる。

「それにしても……小春ちゃんのパパとママはラブラブなのねえ」

「うん！　みんな、見てるとむね焼けするってほめるんだよ」

「それ、褒めてるのかしら……」

小雪は苦笑しつつ『そういえば私たちもよく言われるわね……』なんて顔をしていた。

そんなことにはおかまいなしで、少女は嬉しそうに続ける。

「パパはママのことが大好きで、ママはパパのことが大好きなの。それで、こはるはどっちも大好き！」

「ふふ、いいわね。それで、ふたりとも小春ちゃんのことが大好きなのね」

「うん。こはる、しってるよ」

少女は屈託《くったく》なく笑う。

そうして小雪の顔を覗き込み、無邪気に尋ねることには――。

「おねーちゃんは、おにーちゃんのこと好き？」

「……えっ？」

予期せぬ質問だったのか、小雪が目を白黒させる。

しかし、すぐにハッとして髪をかき上げ冷笑を浮かべてみせた。

「何を言い出すかと思えば……この私がこんな地味なひと、好きになるわけないでしょう。今日はたまたま一緒にいるだけで――」

「そうなの……？　こはる、おねーちゃんたちには仲よしでいてもらいたいのに……ぐすん」

「ええええっ⁉　ご、ごめんね小春ちゃん泣かないで⁉」

少女の嘘《うそ》泣きにあっさり騙《だま》され、クールの仮面は一瞬で剥《は》がれ落ちた。

狼狽《ろうばい》する小雪に、直哉は雑なアドバイスを送る。

「小雪ー、素直になった方がいいんじゃないかー？」

「あ、あなたは他人事だと思ってぇ……！」

真っ赤になってぷるぷる震えるものの、それしか道はないと悟ったらしい。

大きく息を吸って、吐いて――覚悟を込めた小声を絞り出す。

「すっ……好き……いえ……だ、大好きよ！」

「そっかー」

少女は嘘泣きをやめて、けろっとして笑った。

「それじゃ、おにーちゃんとずっと仲よしでいてね」

「え、ええ……なんで？」

「なんでも。やくそくできる？」

「…………いいえ」

しばし逡巡《しゅんじゅん》したあと、小雪はゆっくりと首を横に振る。

少女の目を見つめ、まっすぐに告げた。

「約束するまでもないわ。だって、ずーっと仲良しに決まっているもの」

「うん。こはる、それもしってるよ」

少女は満足そうにうなずいてみせる。

「でも、よくを言えばもっともーっと仲よくしてほしいなー」

「ええっ、い、今以上に……？　どうしたらいいのかしら……」

「それはねー……あっ⁉」

いたずらっぽく笑って続けようとした少女だが、目をまん丸に見開いて声を上げた。

まっすぐ指さすのは、雑踏の向こうだ。

「パパとママだ！」

「えっ⁉　ど、どこにいるの？」

「あそこ！」

「見えないけど……？」

小雪だけでなく直哉も目をこらして通りを見つめるものの、それらしい人物は見当たらない。

（いや……あれか？）

行き交う人々の向こう側に、立ち止まったふたりがいる。

姿は不明瞭だが、大人の男女で、こちらをじっと見つめている気がした。

少女はマフラーを外し、小雪に手渡す。

「それじゃあ、こはるもう行くね！　ココアとマフラー、ありがとう！」

「え、ええ。気を付けてね？」

そうして次は直哉ににっこり微笑みかけた。

「がんばってね、パパ！」

「ああ。頑張るよ」

直哉は片手を振ってみせると、少女は一目散に駆け出した。

その姿はあっという間に雑踏の向こうに消えてしまう。

やがて人々の壁の向こう側に、肩車されてはしゃぐ少女が見えた。

それが遠ざかっていくのを、直哉はぼんやり見送って――。

「ちょっとちょっと、きみたち大丈夫かい？」

誰かに、肩を揺すって起こされた。

「……はい？」

「むう、あと五分………えっ？」

直哉に続き、小雪もぱちっと目を覚ます。

ふたりの顔を覗き込んでいたのは初老の男性だった。のりの利《き》いた袴《はかま》姿で、いかにも神社の神主といった出で立ちだ。

男性はきょとんとする直哉らを見て、ホッと胸をなで下ろす。

「よかった、起きた。ずーっとベンチで眠ってるもんだから、心配になっちゃってね。風邪を引いても可哀想《かわいそう》だし、声を掛けさせてもらったよ」

「そ、それはどうも……ありがとうございます」

直哉はおずおずと頭を下げることしかできなかった。

改めてあたりを見回す。そこは神社の境内で、直哉らは隅のベンチに並んで腰掛けていた。

神社は老若男女の参拝客で賑《にぎ》わっており、熱心に拝む者、わいわいとおみくじを引く者、絵馬に願い事を書く者など様々だ。

活気に溢《あふ》れていたせいですぐには分からなかったが、そこはどう見ても直哉らが参拝した縁結び神社だった。

「あの……ここって神社ですか？　縁結びの……」

「そうだよ。夕方になったら社務所を閉めるから、お参りは早めにね」

男性はあっさりとうなずいた。

「それじゃ、もう行くよ。今日はいつも以上にお参りのひとが多くてねえ。朝から大忙しなんだ」

「は、はあ……お疲れ様です」

直哉はぎこちなく笑い、男性を見送った。

それからもう一度あたりを見回して、大きくため息をこぼす。

「なんだか俺……変な夢を見てた気がするよ」

「……私も」

小雪も目を擦りながらしきりに首をかしげてみせる。

それから察するに、どうやら直哉と同じような夢を見ていたらしい。

(夢オチかー……さすがにそれは読めなかったな)

いったいどこから夢だったのか。

それすら分からないし、未来の娘がやってくる夢なんて不可解にもほどがある。

(ま、いい夢だったのは確かだけど)

たとえ夢だったとしても、胸に残る温かさは本物だった。

それを嚙《か》みしめてから、直哉は大きく伸びをする。

「まあいいや。早くお参りしようぜ」

「あっ……ま、待って！」

立ち上がりかけたそのとき、小雪が慌てて直哉の袖《そで》を摑《つか》んだ。

ベンチに座ったまま、俯き加減でぼそぼそと言う。

「あの、直哉くん……その、ね……ちょっと聞きたいことが――」

「俺も小雪のことが大好きだけど？」

「……なぁっ⁉」

直哉が即答すると、小雪は一拍遅れて奇声を上げる。

あっという間に、耳が熟れた果実より真っ赤に染まった。頭から湯気を立ち上らせて、直哉へ目を吊《つ》り上《あ》げる。

「私が聞く前に答えるんじゃないわよ！　そこは質問を待つのがマナーでしょ⁉」

「ごめんごめん。なんか無性に言いたくなったから」

「まったくもう……」

小雪は口をへの字に曲げてそっぽを向く。

見る限り不機嫌そのものだが、頭から立ち上る湯気はすっかり失《う》せて、かわりにぽやぽやとした幸せオーラがあふれ出た。

(自分は言ったから、今度は言ってもらいたくなったんだよな。夢だけど)

直哉はほのぼのするばかりだ。

そんな折、小雪がそっぽを向いたまま口を開く。

「来月……私の誕生日でしょ」

「へ」

「私の誕生日、もしも満足させてくれたら……あの話、考えてあげてもいいわ」

参拝客たちのざわめきにかき消されそうなほどに、小さな声。

それを直哉はしっかりと聞き取った。

聞き取った上で理解するのに数秒を要した。

そうして、小雪同様直哉も頬を赤らめることとなる。

「急だなあ……あれほど嫌がってたのにさ」

「悪い⁉　ちょっと気が変わっただけなんだから」

小雪はつーんとしてベンチから立ち上がる。

顔を伏せたまま、足早に直哉の隣を通り過ぎ――。

「もっと仲良くするって、約束した気がするし……」

すれ違い様に、そんなことをぽつりとつぶやいた。

直哉はぽかんとしてしまい、少しばかりその場で立ち尽くす。

しかしすぐに己の成すべきことに気付いた。

あれがたとえ夢だったとしても――。

（あの子がくれたチャンスを、無駄にするわけにはいかない！）

慌てて小雪を追いかけて、力強く宣言する。

「わかった。それなら俺、頑張るよ。死ぬ気で小雪の誕生日を祝って、結婚相手として認めさせてみせるからな」

「そ、そこまで気負わなくていいから……ほどほどで、ね？」

「うん。俺と一緒に温かい家庭を築こうな、小雪」

「ひいいっ！　どこまでも目が本気だし……！　そんなことよりお参りするわよ⁉」

「はあい」

こうしてふたりでもう一度、神社にお参りすることになった。

賽銭《さいせん》箱の前で財布を開いた途端、小雪は目を丸くする。

中から取り出して見つめるのは一枚のレシートで——。

「あら？　私、今日はココアなんか飲んだかしら」

「……さあ？」

直哉はそっと視線を逸らし、深く考えないことにした。

八章　周到準備の大団円

こうして修学旅行はあっという間に終わり、本格的な冬が訪れた。

年内最大のイベントが終わって学生たちの気は一気に緩《ゆる》み、そこを狙《ねら》い澄ましたかのように定期テストが襲いかかった。直哉《なおや》も小雪《こゆき》に教わって勉強したためか、前より成績が上がった。

小雪はもちろん今回も学年トップで鼻高だった。

それが終わったら友人たち皆でクリスマス会。

小雪は友達と過ごすクリスマスに感動し、プレゼント交換で大いにはしゃいだ。

そんな姿を微笑《ほほえ》ましく見守りつつ、直哉はとある準備を進めて――気付けば、あっという間にその日がやってきた。

「あっ、来た来た」

いつも登校するときに待ち合わせる駅改札。

そこで直哉がぼんやり待っていると、改札の向こうに小雪の姿が見えた。

もこもこのコートを着込んでおり、その下からは黒タイツを穿《は》いた足がすらりと伸びる。

鼻歌でも奏《かな》でそうな上機嫌顔だ。だがしかし、それが直哉に気付いた瞬間に凍り付く。

今日は休日、しかもクリスマスということもあって、駅は数多くの人で溢《あふ》れていた。みなどこかワクワクそわそわしていて落ち着きがなく、待ち合わせ相手を待っていたりする。

そんな人々の間を猛スピードですり抜けて、小雪は直哉のもとまでやって来た。

「よう。おはよ、小雪。早かったな」

「な、なんでもういるのよぉ……！」

片手を上げて出迎えれば、小雪は青い顔で直哉を睨《にら》んだ。

そうして指し示すのは、天井《てんじょう》からつり下がる電光掲示板だ。

そこに記された現在時刻は十時半を示している。

「待ち合わせって、たしか十一時だったはずでしょ。だから余裕を持って来たっていうのに……あなたはいつから来てたわけ？」

「んー、たしか三十分前くらいかな」

「つまり待ち合わせの一時間前⁉　早すぎるでしょ⁉」

頭を抱えてしまう小雪だが、やけくそのように鼻を鳴らす。

「ふんっ、まるで『待て』のできない駄犬ね。この私に会えるのがそんなに嬉《うれ》しかったなんてお笑い種《ぐさ》だわ」

「あはは、そう言われても反論できないなあ」

直哉はおっとりと笑う。

やたらと早く着いたのは、準備が思ったよりスムーズに終わったからなのだが……それを今口にするのは野暮《やぼ》だろう。

だから別の本心で誤魔化《ごまか》しておくことにする。

「だって、今日は小雪の誕生日だろ。それをお祝いさせてもらえるんだから、これ以上の幸せはないよ」

「……ああそう」

小雪は肩を落としてがっくりとため息をこぼしてみせた。

ツッコミを入れる元気も、虚勢を張る気力も品切れらしい。

今日は十二月二十五日。

クリスマスかつ、小雪の誕生日でもある日だ。

そういうわけで直哉にとってはこの世で最も尊い日付である。

小雪にとっても特別な日なのは間違いない。そのはずなのに、小雪はまるで縁者がみな死に絶えた通夜の席のような、絶望的な表情を浮かべてかぶりを振った。

「今日は一日中これが続くのね……ねえ、もうお腹《なか》いっぱいだから帰ってもいい？」

「いいけど、今帰っても家に誰《だれ》もいないだろ。誕生日にひとりで留守番なんて、寂《さび》しいんじゃないか？」

「くっ……なんで直哉くんがうちの家族の予定を把握してるのよ⁉」

こうしてふたりは誕生日デートをスタートさせることとなった。

駅から続くいつもの小径《こみち》を並んで歩く。

空は分厚い雲で覆《おお》われていて、木枯らしが地面の木の葉を巻き上げる。かなり身に堪《こた》える寒さだが、ふたりとも防寒はばっちりだ。

それが面白《おもしろ》くないのか、小雪は直哉の首元を剣呑《けんのん》な目でじーっと見つめる。

「ここ最近、ずっとそのマフラーね……他のは持ってないわけ？」

「持ってるけど、これが一番あったかいし。重宝してるよ」

「ふうん……まったく物好きなひとね」

小雪は呆《あき》れたとばかりに肩をすくめる。

ほんのり赤らんだ鼻先が、寒さのせいばかりでないことは明白だった。

「小雪は今日もかわいい格好してるよな。そのコート、よく似合ってるよ」

「あら、美的センスが欠片《かけら》もない直哉くんにも分かるのね。いいでしょ。この前、お爺ちゃんに買ってもらったんだから」

得意げにくるりと回って、簡易ファッションショーを披露してくれる小雪だった。

動くとコートが大きく広がって、その下に着た白いワンピースがちらりと覗く。

黒いタイツと合わせて、彼女によく似合っていた。

しかし、小雪はぶすっと口を尖《とが》らせるのだ。

「そのお爺ちゃんも、パパもママも朔夜《さくや》まで、みーんな予定があって夜まで帰ってこないんですって。私を放《ほ》ったらかして、いったいどこに行くんだか」

「まあ、クリスマスだし仕方ないいんじゃないか」

「結衣《ゆい》ちゃんや恵美ちゃんも用事があるって言ってたし……むう」

面白くなさそうにむくれる小雪だ。

先日のクリスマス会のついでに皆から小雪は誕生日を祝ってもらえた。

それでも当日に放置されるのは面白くないらしい。

直哉の鼻先にびしっと人差し指を突きつけて、居丈高に宣言する。

「だから、今日はみんなの分までしっかり私の誕生日を祝いなさい。そうじゃなきゃ許してあげないいんだからね」

「分かってるって。ちなみに、許されなかったらどうなるんだ？」

「えっ、そうね。デートを途中ですっぽかして……暗い家の中で、ひとりケーキとチキンを食べてやるわ。どう、心が痛むでしょ？」

「胃がキリキリするなあ……」

万全の準備を整えたはずだが、強い不安に襲われた。

それを振り払い、直哉はどんっと胸を叩《たた》いてみせる。

「安心してくれよ。プランは綿密に考えてきたから抜かりはないって」

「ふーん。ま、期待はしてないけど」

小雪は気のない返事をしつつ、そわそわとあたりを見回す。

いつも通る小径は商店街へとさしかかっていた。

「じゃあ、これってどこに向かってるわけ？　コースは任せとけって言ってたけど」

「ああ、そろそろ着くよ」

そうしてしばし歩いたところで、目的地に到着する。

商店街の外れに建つ、茜屋《あかねや》古書店だ。いつもはガラス戸の向こうに本棚がいくつも広がる店内が覗《のぞ》けるが、今日はシャッターが下りている。

「あら？　桐彦《きりひこ》さんはお留守かしら」

「ま、あのひとも一応社会人だし予定くらいあるだろ」

「クリスマスだしね……で、ここが目的地なの？」

「おう。スタート地点だな」

首をかしげる小雪に、直哉は鷹揚《おうよう》に笑う。

とはいえ目的は茜屋古書店自体ではなく、その前の通りだ。店の軒先に春先つけた監視カメラのダミーが、じっと直哉らを見つめている。

「ここ、何があった場所か分かるか？」

「……私たちが初めて会った場所でしょ」

小雪は改めてあたりを見回す。

今年の春、ちょうど今ふたりが立っている場所で小雪が男に声を掛けられていた。

そこにたまたま直哉が助け船を出した。それがふたりの出会いだった。

それを久々に思い出したのか、小雪はほうっと小さく吐息をこぼしてみせた。

「なんだか、ずっと昔の出来事みたい……」

「まあ、あれから色々あったもんな」

春から冬にかけて、イベント事の連続だった。

最初のきっかけなんて思い出す暇もないほどに。

それでも改めて振り返ってみれば、鮮明に脳裏《のうり》に蘇《よみがえ》る。小雪も直哉と同じなのか、どこか遠い場所を見るように目を細めてぼんやりしていた。

「ちなみに、あのナンパ野郎は大学を休学して今現在故郷に戻ってる。心を入れ替えて、実家の店を手伝ってるみたいだぞ」

「どこ情報なの、それは……」

「あ、聞きたい？　それならまず、俺《おれ》があいつの大学を特定したところから——」

「もう十分だわ」

小雪はげんなりとかぶりを振った。

あの男はやはりたちの悪いナンパを繰り返していたようで、少し調べただけで余罪がゴロゴ

ロと出てきた。二度やり込めたとはいえ、ふたたび小雪の前に現れる可能性もゼロではなく
――それとなく動向に気を配っていたのだ。

(まあ、偶然装ってちょくちょく出くわしたのが効いたかなあ)

男はそれですっかり震え上がってしまい、実家に逃げ帰ったらしい。

それはともかくとして。

「いい機会だろ？　今日は思い出の場所を巡っていこうかと思ってさ」

「ふうん、あなたにしては悪くない考えね。でも、誕生日にしては地味じゃない？」

「これは前菜みたいなもんだよ。メインのプレゼントは別に用意してあるって」

「前菜、ねえ……それじゃ、メインとやらを楽しみにしているわ」

こうして、ふたりはあちこちを回ることになった。

結衣たちと行ったクレープ屋。初めてデートしたショッピングモール。プール施設、学校、公園……などなど。目的地は近所に絞ったものの、それでも数多くの場所へと足を運んだ。

公園のベンチに腰掛けて、小雪はため息をこぼす。

真正面に広がる池で、ついこの間ふたりでボートに乗ったばかりだ。

「なんだか、どこもかしこも直哉くんとの思い出ばっかりね」

「だよな。俺もコースを考えてびっくりしたよ」

直哉もそれにうなずいてみせる。

けっして狭くはない地域の中に、小雪との思い出の場所がいくつもあった。

出会ってから、季節もまだ一周していない。それなのに市内を埋めん勢いだ。

それだけふたりが共に過ごした証拠だった。

じんわりと感傷に浸る直哉だが、小雪はじろりと睨みを利《き》かしてくる。

「思い出巡りもいいけど……本当にプレゼントを用意してあるの？　考えつかなかったから、必死に時間稼ぎをしてるんじゃないでしょうね」

「まさか。入念に準備したよ」

疑いの目を向ける小雪に、直哉は右手を差し伸べる。

さながら姫をエスコートする騎士の気分だ。

柔和な笑みを浮かべて、決戦の地へ誘う。

「次が最後の目的地だ。ちょっと歩いたらすぐに着くよ。だからついてきてくれるかな」

「むう……仕方ないわね。もう少し付き合ってあげようじゃない」

小雪は不承不承といった様子で——それでも内心ワクワクしつつ——直哉の手を取った。

そこからふたりは手を繋《つな》いで歩いた。

直哉が言った通り、数分で特徴的な三角屋根が見えてくる。

「着いた。ここだ」

「え……教会？」

ふたりを出迎えたのは小さな教会だった。

三つの三角屋根が連なって、その奥には半円形のドームが見える。周囲を芝生に囲まれており、雲間から差し込む光が建物の白さを際立《きわだ》たせていた。

門が開け放たれているものの、直哉らの他に人影は見当たらない。

ぽーっと見蕩《みと》れる小雪の手を直哉は引く。

「さ、行こうぜ。外も綺麗《きれい》だけど、中もすごいんだ」

「ええっ⁉　か、勝手に入ったら怒られない……？」

「大丈夫。ちゃんと許可は取ってるから気にするなって」

「本当……？」

真っ白な階段を上り、背の高い正面扉を開く。

すると、小雪は大きく息を呑《の》んだ。

「わあ……綺麗ねえ」

左右にずらっと長椅子《ながいす》が並び、中央には真っ赤なカーペットが敷かれている。

その奥には聖書台とパイプオルガン。巨大な十字架の後ろには煌《きら》びやかなステンドグラスがはめ込まれていて、色とりどりの影を床へと落としていた。

「えっ、ほんとに見てもいいの？　なんか結婚式が始まりそうな雰囲気なんだけど……」

小雪は声をひそめて怖々と尋ねてくる。

長椅子には白い花が飾られているし、どこもかしこも花だらけだ。

照明も付いているしで、今にも荘厳な曲が流れてきてもおかしくはない。

しかし、直哉はあっさり言う。

「許可は取ってるって言ったろ。もっと奥まで見てもいいからさ」

「じゃ、じゃあお言葉に甘えて……」

小雪は興味津々とばかりに、礼拝堂の奥へと進んでいく。

それを直哉はゆっくりと追いかけた。あらかじめ椅子の陰に仕込んでおいたものをこっそり回収し、後ろ手に隠して——準備は万端だ。

静まり返った礼拝堂内に、ふたりの足音だけが響く。

十字架の真正面に立って、小雪はそれをぼんやりと眺める。

その後ろ姿に、直哉は軽い調子で話しかけた。

「小雪、この間の修学旅行で言っただろ。誕生日で満足させてくれたら、プロポーズを考えてやってもいいって」

「う、うん……」

小雪がおずおずとこちらを振り返る。

その表情はいくぶん硬いものだった。緊張と期待と不安がない交ぜだ。

そんな彼女の前に、直哉は迷うことなく跪《ひざまず》く。

「だから俺、必死に考えたんだ。小雪に贈る最高の誕生日プレゼントを。悩んで悩んで、ずーっと悩んで……それでようやく、これしかないってものを見つけたんだ」

後ろ手に隠したものをばっと差し出せば、小雪の目が大きく見開かれる。

大きな花束《はなたば》だ。包まれているのはどれも真っ白な花で、美しさを誇るようにして咲いている。

こんなシチュエーションで言うべきことなんて、ひとつしかない。

「小雪！　俺の残りの人生、全部やる！　だから俺と結婚してくれ！」

「このおバカ!!」

大音量のツッコミが建物の中にわんわんと響く。

ステンドグラスにヒビが入るんじゃないかと心配になるほどの声量だった。それを至近距離で浴びたせいで、直哉は耳がキーンとして思わず額を押さえてしまう。

しかし直哉のダメージは軽微なものだった。

ド直球の言葉を浴びたせいで、小雪の顔は見たこともないほどに真っ赤に染まっている。体中の血液が全部沸騰《ふっとう》したかのような茹《ゆ》で上がりっぷりだ。

そのまま小雪は目を吊《つ》り上《あ》げてガンガンと吠《ほ》え猛《たけ》る。

「誕生日プレゼントが自分の人生って……何をどう考えたらそんなとんでもない結論に至っちゃうのよ!?　私が直哉くんにあげたのは不恰好《ぶかっこう》なマフラーひとつよ!?　どう考えても釣り合ってないでしょーが！　等価交換って言葉、知ってる!?」

「小雪が心を込めて作ってくれたプレゼントだろ。俺の人生を賭《か》けるに相応《ふさわ》しいじゃん」

「バカに付ける薬がほしい……！」

「それより返事は？　このポーズ、けっこう腕が疲れるんだぞ」

「し、知ったこっちゃないわよぉ……」

最初の勢いもどこへやら、そのころにもなれば小雪は完全にたじたじだった。

追い詰められて最期《さいご》を悟った小動物の目である。

うっすら涙が浮かんでいて、鼻の先まで赤い。

それを追い詰めている犯人が自分であることに、直哉はたいへん満足した。ぞくぞくとした高揚感が背中をのぼっていく。

小雪はがっくりと肩を落とす。

「ほんっともう、手の付けようのないバカなんだから……」

そこで言葉を切って、肺の空気を全部吐き出すように長いため息をついた。

礼拝堂の静寂を、小雪の吐息が塗りつぶす。

それから小さく息を吸って、諦《あきら》めたようにぽつりとこぼした。

「でも……そんなバカを好きになっちゃったのが、運の尽きなのよね」

「それじゃあ小雪……！」

「ああもう、分かったわよ」

小雪はヤケクソ気味に、直哉の手から花束をむしり取った。

それを勇ましく肩で担《かつ》いで、ぶっきら棒に言い放つことには――。

「そこまで言うなら結婚しようじゃない。あなたの人生、もらってあげるわ」

「小雪……！」

直哉は勢いよく立ち上がり、小雪の手をがしっと摑《つか》む。

自然と涙が湧《わ》き上がり、声も上ずって震えてしまったが、それでもなんとか感謝の言葉を絞り出した。

「ありがとう！　小雪！　俺、今日は人生で一番嬉しいよ……！」

「大袈裟《おおげさ》ねえ……ただの口約束なのに」

小雪は呆れたように笑う。

吹っ切れたのか顔の赤みは少しだけマシになっていた。

ほんのり桜色に染まった頰《ほお》を膨らませて、怒ったように言う。

「あなたがそこまで言うから、惨めに思っただけなんだからね。分かってる？」

「うん。もちろん。ほんとに嬉しいなあ、小雪と結婚の約束をしちゃったんだ」

「まったくもう……これじゃどっちのプレゼントなのか分からないじゃない」

小雪はくすりと微笑んで、大きな花束をそっと抱えた。

ひとしきりその匂《にお》いを楽しんでから、はっと思い出したように顔を上げる。

「あっ、それより直哉くん。私がＯＫしたってこと、誰にも言い触らさないでよね」

「え、誰にも？　家族とか友達もダメなのか？」

「当たり前でしょうが。学校の噂《うわさ》になるのだけは絶対避けたいの。結衣ちゃんたちに知られたら、何を言われたもんだか分からないしね」

「そっかー……」

　直哉はしみじみと言う。

　小雪がそう言い出すのは分かっていたし、他に誰もいないこの場だからプロポーズをＯＫしてくれたのは明白だった。だから——直哉は軽く頭を下げて謝罪する。

「ごめん。もう遅いんだ」

「へ……？」

　小雪が目を瞬かせた、その瞬間。

　ぱーーーん！

「おっめでとー！」

「きゃあっ⁉」

　左右に繋がるドアが開かれて、盛大にクラッカーが鳴らされた。

　小雪は驚いてしゃがみ込んでしまうものの、すぐに乱入者の正体に気付いて息を呑んだ。

「っ……ゆ、結衣ちゃんと恵美ちゃん⁉　それに夕菜ちゃんまで⁉」

「お誕生日と婚約おめでとー、小雪ちゃん」

「おめでとー！　お式に呼んでくれてありがとね！」

「ううう っ……よかったねえ……お、幼馴染《おさななじ》みとしてうれしいよぉ……」

満面の笑みの結衣と、滂沱《ぼうだ》と涙を流す恵美佳《えみか》。

三人の手にはクラッカーが握られていて、さらにパーティドレスに身を包んでいる。

そして、それを合図に後から後から人々が礼拝堂の中に入ってきた。

「ご婚約おめでとうございます、コユキ様！　コユキ様の勇士、しかと拝見させていただきましたわ！」

「まさか本当に、わしが生きている間に小雪が幸せを摑むとは……やはりまだまだ死ねんなあ」

「なーう」

「驚かせてごめんなさいねえ、小雪ちゃん。うちの直哉ったら、言い出したら聞かなくて」

ずらずらと入ってくるのは友人一同、白金《しろがね》家一同（飼い猫のすなぎももペットケージに入って参加）、笹原《ささはら》家一同。おおよそ身内と呼ぶべき人物たちが揃い踏みしていた。

おまけに全員、正装で着飾っているときた。

「な、な、なぁっ……⁉」

そのとんでもない光景を前にして、小雪はぶるぶると震える。

半開きになった口からこぼれ出るのは、壊れたラジオのようなノイズのみ。

しかし怒りと羞恥《しゅうち》のボルテージが限界を突破したと同時、鬼のような形相で怒声を上げた。

「直哉くん⁉　これ全部あなたの仕業《しわざ》ね⁉」

「はい。もちろん俺が仕込みました」

直哉はあっさりと犯行を自供した。

そのまま小雪の肩をぽんっと叩いて、にこやかに告げる。

「ま、そういうわけだからさ。小雪はとっとと準備してきてくれ」

「は⁉　ななななっ、何の準備⁉　これから何が始まるの⁉」

「お姉ちゃん、OKしたんだから覚悟を決めて」

「小雪、皆さんを待たせちゃ悪いでしょ。早く衣装室に行きましょうね」

「ちょっ、だから……いったい何の準備なのよおおぉ⁉」

妹と母に両脇《わき》を抱えられ、小雪はあっという間に連行されていった。

それから約一時間後。

準備を終えた小雪が仏頂面で戻ってきた。

「何、これ」

「何ってウェディングドレスだけど」

「見りゃ分かるわよ‼」

荒々しく吐き捨てる小雪は、純白のドレスに身を包んでいた。

肩周りを大きく露出させた大胆なデザインで、腰から足下にかけてバラの刺繍《ししゅう》がふんだんにあしらわれている。スカート部分はふんわり大きく膨らんでケーキのようだ。

頭にはきらきら輝くティアラを頂き、そこからヴェールが垂れ下がる。

その姿は、おとぎ話のプリンセスも霞《かす》むほどに美しかった。

「本当に綺麗だ。よく似合ってるよ、小雪」

「そんなのはどうでもいいから質問に答えろ！」

直球の賛辞も、混乱した小雪にはまるで効果がなかった。

直哉も白のタキシード姿に着替えていたのだが、遠慮なく胸《むな》ぐらを摑んで揺さぶってくる。

「なんでウェディングドレス⁉　なんでサイズがぴったりなの⁉　しかも……なんだか妙に私の好みにドンピシャで可愛《かわい》いんだけど！」

「そりゃ、そういうのを厳選したからな」

スリーサイズくらい見れば分かる。

おまけに小雪の好みも完全に把握済みだ。

ぴったりのドレスを選ぶのなんて、直哉にとっては朝飯前である。

そんなことをあっさり言うと、小雪は青ざめた顔で改めて尋ねてくる。

「えっ……本当に、なんでなの……？　これは何……悪い夢？」

「だって婚約したじゃん、俺たち」

　直哉は悪びれもせずに言ってのける。

　誕生日に婚約ＯＫをもらう計画を考えて、確実に勝てると踏んだ。それならいっそその場でみなに祝ってもらおうと準備したのがこれである。

「善は急げって言うしさ。記念に一回式でも挙げとこうかと」

「そんな気軽さで挙げるものでもなくない⁉　結婚式は人生一回きりなのよ⁉」

「あ、安心してくれよ。ちゃんと結婚するってときは、また別で式の計画を立ててるからさ。今回はお試しってことで小規模にしたんだ」

「教会を貸し切って、家族と友人全員呼んで、それでも小規模なの⁉　本番ではいったい何をやらかす気⁉」

　金切り声で叫ぶ小雪である。

　今にもウェディンググローブを投げつけて、決闘でも申し込みそうな勢いだった。

　そんな小雪を見て、直哉の母・愛理が申し訳なさそうに声を掛ける。

「ごめんなさいねえ、小雪ちゃん。ほんっと法介《ほうすけ》さんといい直哉といい、うちの男たちは我が強くって困っちゃうわ」

「おば様……」

　小雪はそんな愛理に、渋い顔を向ける。

「謝るのとシャッターを切るの、どっちかにしてもらえますか……？」

「だって可愛い義理の娘の晴れ舞台ですもの。撮らなきゃ勿体《もったい》ないでしょ？　あ、美空《みそら》さんこっちに来てちょうだい。小雪ちゃんと一緒に撮ってあげるわ！」

「あらあら、愛理《あいり》さんありがとうございます。それじゃ、小雪。ピース♪」

「ぴーす……」

ノリノリの母と並んで写真を撮られ、小雪の表情筋が完全に死に絶えた。

他の招待客らもわいわいはしゃいでお祝いムード一色だ。

その空気に当てられたのか、小雪はどかっと長椅子に腰掛けて天井を仰《あお》ぐ。

「ツッコミ疲れた……もうなんか、どうでもいい……」

「うん。誕生日おめでとう、小雪」

「はいはい、どーもありがと」

ぱたぱたと手を振って、小雪は投げやりに言う。

しかし何かに気付いたとばかりに、真《ま》っ青《さお》な顔を直哉に向けた。

「待って、こういうのってかなりのお金がかかるんじゃないの。あなた、こんな茶番のためにいったいどれだけつぎ込んだのよ……」

「いや、実質タダみたいなもんだったぞ。なあ、親父《おやじ》」

「その通りです。小雪さんはどうかお気になさらずに」

法介はやんわりと微笑んでみせる。

教会を押さえ、ドレスと服を借りて、さらに飾る花まで手配するとなると、とてもじゃないが高校生には手も足も出ない額となる。

それが可能となった理由は簡単なものだ。

「実はこの教会、私の知人がオーナーでして。事情を話したら喜んで協力してくれたんです」

「衣装のレンタル料金も負けてもらえたしなあ。持つべきものは親父の人脈だよ」

「はっはっは。情けは人のためならずとはよく言うが、人助けは回り回ってこういうときに自分の身を助けるんだよ。覚えておきなさい、直哉」

「おう。さっそくこのまえオーナーさんの会社の入社面接を手伝ってきたぞ。喜んでもらえたし良かったよ」

「こ、このチート親子がぁ……！」

珍しく法介にまで怨念を飛ばす小雪だった。

そんなこんなで、高校生でも賄《まかな》えるような挙式代となった。

入社面接でビシバシと就活生の能力を見抜いてみせたため、オーナーも直哉のことをすっかり気に入ってくれて、足りない分は冬休みや春休みにまとめてバイトに入る約束だ。

「だから、小雪は気兼ねなく式を楽しんでくれ」

「バカを言わないでちょうだい……急に結婚式だなんて言われて、受け入れられるわけないでしょうが」

「でも全部小雪好みだろ？　芝生に囲まれた小さな教会で、キラキラしたステンドグラスとたくさんの花。それで青空の下で、みんなに祝福されるってシチュエーション」

「好みだから無性に腹立たしいのよぉ……！」

小雪は歯ぎしりしながら地団駄《じだんだ》を踏んだ。

幸せからかけ離れた花嫁のムーヴである。

だがしかし、参列者たちはどこまでもほのぼのとしていた。

母親コンビはほのぼのとしたおしゃべりに興じているし、父親たちも似たようなものだ。

「おまえと親族になるのか……覚悟はしていたが、こう……胃がますます荒れそうだな」

「あはは、そうおっしゃらずに。ところでジェームズさん、あなたの検査を行った病院について調べて参りましたが……とある組織がジェームズさんの会社を乗っ取ろうとして仕掛けた罠《わな》だったようですね。もう潰《つぶ》したのでご安心を」

「なん、じゃと……？」

そうかと思えば、桐彦と朔夜がきゃっきゃと盛り上がっていて。

「きゃっー！　綺麗よ、小雪ちゃん。こっち向いてちょうだい！」

「先生、次巻はヒロインが無理矢理モブと結婚させられそうになる展開でいかがでしょう」

「それいいわねえ！　よし、それならあとで小雪ちゃんにインタビューよ！」

「了解です。こんなこともあろうかと、ボイスレコーダーも持ってきておりますので」

友人一同はそこから少し距離を空けて、わいわいと談笑していた。

「ねえねえ、兄様。わたくしもいつかこんな温かい式を挙げてみたいです」

「そうだなあ……そのためにも、一度実家に戻ってきちんと報告しておくか」

「あのさ、巽《たつみ》。私はまだ当分先でいいからね」

「当たり前だろ。んなのわざわざ言わなくても分かってるっつーの」

「あうう……綺麗すぎるよ、小雪ちゃん……こんなのタダで見ていいの……？」

「恵美佳おねーちゃん大丈夫？　ティッシュいる？」

礼拝堂内は和気あいあいとしたムードが漂っている。

おまけに待ち合わせたときは曇っていた空が、今ではすっかり一面の青空となっていた。

燦々《さんさん》と降《ふ》り注《そそ》ぐ陽光が、ステンドグラスを通して温かくふたりの頬を撫《な》でる。

これで舞台は整った。

ぐったりと疲弊した小雪の手を取って、直哉は柔和に笑う。

「さて、小雪。そろそろ本番やっとくか」

「本番……って、まさか……⁉」

最初はきょとんとしていた小雪だが、すぐに察しが付いたらしい。

さあっと顔が青くなり、次の瞬間には真っ赤に染まる。

勢いよく腕をクロスさせて、勢いよく叫ぶ。

「無理無理！　それだけは絶対に無理！」

「そっか……」

お手本のような拒絶ぶりに、直哉は小さく肩を落とす。

「俺は小雪を幸せにしますって宣言したいだけなのに。あーあ、せっかくこの日のために、寝る間も惜しんで準備したのになあ……」

「あなたねえ……！　いつか私に刺されるわよ⁉」

小雪は肩を震わせながらも、捨て鉢気味に立ち上がった。

そのままずんずん歩いて礼拝堂の真正面——聖書台の前へと向かう。

本来ならバージンロードを歩いたり、賛美歌を斉唱したりといった行程があるのだが、今日はお試し版ということで大胆に省略だ。頭から執り行った場合、小雪が耐えきれないのは明白だったし。

直哉もその後に続けば、参列者たちが一斉に口をつぐんだ。

みなカメラを用意しはじめて、ワクワクと熱い視線を向けてくる。

小雪の前に立って、直哉はごほんと咳払《せきばら》いをして切り出した。

「それじゃあ小雪。病めるときも健やかなるときも……俺は小雪を愛すると誓う。小雪はどうだ？」

「はいはい誓ってやるわよ！　誓います！　だからほら、さっさとやりなさいよ！」

小雪はブチギレ気味にまくし立てる。

花嫁姿だというのに、その身から立ち上るのは武士のような殺気だ。

とはいえお許しはいただけた。

直哉は少しの緊張と高揚感を持て余ししつつも、小雪の肩にそっと手を置く。

びくりと体が震えたものの、小雪は身を委《ゆだ》ねるようにしてまぶたを閉ざしてくれた。ステンドグラスを通した光が小雪の顔を照らし出し、いつも以上にキラキラして見えて――。

「……ほんとに、ずーっと愛してくれるんでしょうね」

「もちろん」

小さな声での問いかけは、直哉の耳にしか届かなかった。

それに答えを返してからそっと唇を重ねる。きゃーっという歓声とシャッター音がいくつも連なって、礼拝堂が一気に騒がしくなった。

ゆっくり三つ数えてから唇を離す。たいへん名残惜《なごりお》しかったが、このあたりが頃合《ころあ》いだった。

茹で蛸《だこ》のようになった小雪に、直哉はにっこりと笑いかける。

「これからよろしく、小雪……いや、未来の奥さん？」

「やっぱりここで息の根を止めてやるぅ……！」

その瞬間、目を吊り上げた花嫁さんが全力で襲いかかってきた。

参列者たちが大いに盛り上がったのは言うまでもない。

EPILOGUE エピローグ

冬の深まるある日のこと。

笹原《ささはら》家のキッチンでは、エプロン姿の小雪《こゆき》が鍋をかき混ぜていた。

「ふんふんふーん♪」

鍋の中身は金色に透き通ったスープだ。

仕上げに塩こしょうを少々。味見をして、小雪はよしっとうなずく。

「さーて、お料理はこんなところでいいかしら。サラダはできたし……」

テーブルに並んだ皿を改めてチェックする。

サラダにチキン、海老《えび》フライ、氷水のバケツに入ったシャンパン……そこにはお祝い事のご馳走が、ずらずらっと並んでいた。どれもこれも完璧《かんぺき》な出来映えだ。

そしてその料理の中央には写真立てが飾られている。

小雪はそれを手にして、くすりと笑う。

「まったくもう……なんだって結婚記念日がふたつもあるんだか」

そこに映っているのは十年以上も前の自分たちだ。

花嫁姿の小雪が直哉《なおや》に殴りかかっていて、直哉は直哉でだらしない笑顔を浮かべている。

あのとき撮られた写真は他に何枚もあったが、一番自分たちらしいのがこれだった。

しばらく小雪はそれを見つめて――ハッとして顔を上げる。

「あっ、そうだ。ちょっと小春《こはる》。そろそろご飯だし、お片付けしなさいよ」

「はーい！」

それに、隣の部屋から元気のいい声が返される。

覗《のぞ》き込めば、ひとり娘の小春がせっせとオモチャを片付けていた。散らばっていた色鉛筆もしっかり箱に収めて、あっという間に部屋が綺麗《きれい》になる。

やり遂げた娘に、小雪はにここと相好《そうごう》を崩した。

「小春はいい子ねえ。そうそう、今日は幼稚園でどうだった？　楽しかった？」

「んー。あのね、またりょーたくんにいじわるされたの。折り紙をかくされたり、読んでたえ本を取られたり」

「あら……困った子ねえ」

「うん。こまった子なの」

母の真似《まね》をして、小春はうーんと険しい顔をする。

「りょーたくん、本当はこはるのことが大好きなのに、いじわるしてくるんだよ。なんでだろうね？」

「……あなたそれ、良太《りょうた》くんに言ったの？」

「うん。そしたらりょーたくん、おかお真っ赤になってたよ！　かわいかった！」

「嫌なところばっかりあのひとに似たわね……」

小雪は神妙な顔でこめかみを押さえる。

次に良太のママに会ったらなんて謝ろう……そんなことを考えていると、小春がぱっと顔を上げた。

「あっ、この足音はパパだよ！　しかもおみやげ持ってる！　この重さは……ケーキだ！」

「ほんっと似なくていいところまで似て……はいはい。それじゃお迎えに行きましょうか」

小春を伴って、玄関まで向かう。

するとほぼ同時に扉が開かれた。

雪がちらほらと舞う中、スーツ姿の直哉がそこにいた。

小春がそんな直哉に飛びついて、持っている箱をキラキラとした目で見つめる。

「おかえり、パパ！　ケーキちょーだい！」

「さすがは小春。お見通しだなあ」

「あっ、こら。ケーキは後だからね」

ケーキの箱を受け取って、小雪はそういえばと切り出す。

「そうそう。今度またイギリスのお爺ちゃんが遊びに来るんですって。相変わらず元気にしてるみたいよ」

「へえ。じゃあみんなを集めないとな。うちの親父《おやじ》は捕まるかなあ」

「法介《ほうすけ》おじ様が捕まったら、うちのパパもクリアね。今でも世界中、なぜかよく一緒に飛び回っているし」

「ほーすけおじーちゃんも来るの？　こはる、また遊んでもらう！」

「そうねえ。お爺ちゃんたちと遊ぶの好き？」

「うん！　めくらずに当てる『しんけーすいじゃく』ができるの、こはるとパパ以外だとほーすけおじーちゃんだけだもん」

「妙な遊びを覚えちゃってまあ……」

「わーい！　今からとっくんだー！」

小春は意気揚々とダイニングへと走って行った。

そんな愛娘《まなむすめ》を見つめて、小雪は小さくため息をこぼす。

「あの子ったら最近ますます直哉くんに似てきたのよ。ほんとに困ったものだわ」

「あはは、やっぱり遺伝子が強かったなあ」

「まったくもう……心労が二倍よ、もう」

靴を脱いだ直哉を小突きつつ、小雪が娘のことを追いかけようとする。

しかし、すぐにくるっと振り返った。

「あっ、忘れてた」

そう言って直哉の肩に手を置いて、軽く背伸びして——。

ちゅっ。

暖かな家の中に、軽いリップ音が響く。

小雪はそっと唇を離して、頰《ほお》をほんのり赤らめながらこう言った。

「おかえりなさい、あなた」

「ただいま、奥さん」

直哉もそれに、にっこりと答えた。

あとがき

どうもこんにちは。さめです。

このたびは毒舌クーデレ五巻をお買い上げいただきまして、本当にありがとうございます！

とうとう本作も五冊目を数えることになりました。ここまで続けることができたのは、ひとえに読者の皆さまの応援があったおかげです。感謝してもし足りません。

全国各地に読者がいるし尾びれを向けて寝られないなあ……立って寝るか、と思っていたらなんとブラジルにも読者さんがいらっしゃることが最近判明。

さめは逆立ちで寝るしかなくなりました。月にもいらしたら詰む。

そんなこんなで一巻では春めいていた表紙も季節が進み、五巻の表紙はふーみ先生による冬の甘々イチャイチャを切り抜いたものとなっております。

さめはラフの時点で撃ち抜かれておりましたが、完成版はなおのことすごい破壊力ですね。

他のイラストも珠玉のものばかりですが、特にカラーイラストの三番目は一巻のころから絶対にふーみ先生に描いていただきたいと企んでいたシーンなので、これでもう何も思い残すことはありません。本当にありがとうございました！

さて、本作はこの五巻で一応の区切りを付けることができました。

修学旅行や謎の少女のとの邂逅《かいこう》、そして最後の一大イベント。

どれも渾身のイチャイチャを詰め込んだので、お楽しみいただければ幸いです。

もともと本作は春のシーンから始まりました。せめて季節一週分の冬まで書こうと企んでおりましたが……これで見事に野望を達成したことになります。読者の皆さまのおかげです。

ただし、本作はここで終わりではありません。

なんと皆さまのご声援のおかげで六巻も刊行予定となっております。

内容は五巻までに書き切れなかった番外編集を予定。直哉《なおや》と小雪《こゆき》のイチャイチャ＋αをお楽しみいただければ嬉しいです。たぶん二〇二二年の春とか夏あたりに……！

そして、松元《まつもと》こみかん先生によるコミカライズ版もただいま絶賛連載中です。

マンガＵＰ！様のアプリで読めるので、ぜひぜひダウンロードを。

小雪が毎コマ表情をくるくる変えて、ほんわかじっくり直哉との距離が近付いていくのが分かるので、見ていてたいへん癒やされます！　さめは一読者として応援しております。

多くの方に支えられて、本作はここまで続けることができました。

直哉と小雪のイチャイチャはもう少しだけ続きますので、お付き合いいただければ幸いです。

それでは次巻までしばしお待ちください。さめでした。

ファンレター、作品の
ご感想をお待ちしています

〈あて先〉

〒106－0032
東京都港区六本木2－4－5
ＳＢクリエイティブ（株）
ＧＡ文庫編集部 気付

「ふか田さめたろう先生」係
「ふーみ先生」係

本書に関するご意見・ご感想は
右の QR コードよりお寄せください。

※アクセスの際や登録時に発生する通信費等はご負担ください。

https://ga.sbcr.jp/

やたらと察しのいい俺は、毒舌クーデレ美少女の小さなデレも見逃さずにぐいぐいいく 5

発　行　　2021年12月31日　初版第一刷発行
著　者　　ふか田さめたろう
発行人　　小川　淳

発行所　　SBクリエイティブ株式会社
〒106−0032
東京都港区六本木2−4−5
電話　03−5549−1201
03−5549−1167（編集）

装　丁　　AFTERGLOW

印刷・製本　中央精版印刷株式会社

ISBN978-4-8156-1239-9
Printed in Japan　GA 文庫

試読版は
こちら!

試読版は
こちら!